Dirceu Braz

AF140695

Die sanften Krallen des Lebens

Philosophie eines Vagabunden

Books on Demand

Impressum

Kontakt zum Autor:
braz-trompete@hotmail.com
www.dirceu-braz.org
www.dirceu-braz.com

1. Auflage 2015

Cover-Bild: Dirceu Braz
Fotografie: Magdalena Ringeling und Michelle Braz
Alle Gemälde im Buch: © Dirceu Braz
Lektorat: Magdalena Ringeling
Cover-Gestaltung, Layout und Satz:
Nils Hoffmann, Schwäbisch Gmünd
www.nils-hoffmann-design.de

Herstellung und Verlag:
BoD-Books on Demand, Norderstedt
Printed in Germany

ISBN 9783738656442

Der Autor

Dirceu Braz, geboren am 10. November 1950 in São Paulo, Brasilien, stammt aus einer sehr einfachen Familie. Sein Drang nach Bildung und der Wunsch, eines Tages in Europa leben zu können, um sein Musikstudium fortzusetzen, führte ihn im Jahr 1973 nach Deutschland, wo er zuerst an der Musikhochschule Stuttgart studierte, und später in der Schweiz. Dort setzte er sein Studium am Züricher Konservatorium fort. Danach kam der junge Brasilianer zurück nach Deutschland und war 12 Jahre lang in Heidelberg als Dozent für das Fach Trompete tätig. Während dieser Zeit in Heidelberg ergab sich eine internationale Karriere als Trompetensolist, in der über 10 Tonträger entstanden sind. Dirceu Braz verfolgte seinen Traum, sich nicht nur als Musiker, sondern auch als Buchautor und Maler durchzusetzen, was ihm auch gelungen ist.

Das vorliegende Buch "Die sanften Krallen des Lebens" ist das neunte Werk, das in kurzer Zeit von ihm auf den Markt erschienen ist. Dennoch warten dutzende Bücher, die sich teils noch als Manuskripte im Regal befinden, gespannt darauf, publiziert zu werden, darunter viele Romane, Gedichte und Erzählungen, die entweder in seiner Muttersprache Portugiesisch oder auf Deutsch verfasst wurden.

Introduktion

Die sanften Krallen des Lebens berühren uns mal mit Liebe, manchmal auch mit Gewalt. In diesem Buch beschreibt der Autor Dirceu Braz viele selbst erlebte Situationen und eigene Erfahrungen, die er in Brasilien und Europa machte. Viele unserer Beobachtungen und Erlebnisse können uns glücklich machen. Aber diese momentanen Glücksgefühle können oft auch zu einem anderen Zeitpunkt, Jahre später, zu unserem Unglück und unserer Resignation werden. Wie zum Beispiel nach einer glücklichen Hochzeit, einem erfüllenden Eheleben und am Schluss zu einer grauenhaften Trennung oder sogar Scheidung.

Dirceu Braz

Gewidmet unseren verehrten Freunden
Johanna, Enzo Materia und dem
lieben Kater Jonny,
in Dankbarkeit für 16 Jahre Treue
und besinnliche Momente.

Inhalt

Gedanken eines alten Dichters

Das ganze Leben
Und alles Papier der Welt
Wären doch viel zu wenig,
Um alles zu schreiben, was ich fühle.
Ich habe noch soviel zu sagen.

Egal, ob über den Sternen,
Egal, ob über dem Wind,
Mir fällt immer etwas ein,
Selbstverständlich Themen
Wie das Leben und die Liebe.
Sie sind ein Bestandteil
Der Gedanken und der Philosophie
Eines alten Dichters wie mir.

Das kleine Haus am Rio Negro

Mittagsruhe?
Das gab's bei uns nicht,
Mit solchen Kindern im Haus ...
Wer kann schon
Am Nachmittag träumen,
Oder an der Matratze horchen?

Papa hatte nachts gearbeitet,
Insofern gab's mit der Mama oft
Viel Ärger und Geschrei,
„Kinder, bitte Ruhe,
Der Papa muss schlafen,"
Sagte die Mama ungeduldig
Und schimpfte mit uns.

Neben unserem Haus
Gab's einen wunderschönen Fluss.
Mit der Zeit haben wir ihn
Kaum noch beachtet,
Aber der Rio Negro war da!
Unser Fluss war
Sehr lebendig und kräftig.
Ja, so viel Wasser musste er
Auf seinem Rücken
Jeden Tag mühsam
Nach Süden tragen

Aber wenn er nicht mehr konnte
Und es satt hatte,
Dann ließ er voller Wut
Das Wasser über die Ufer laufen.

Das Wasser kam zu uns.
Sogar bis zu unserer Haustür.
Insofern, nichts wie weg!!!
Aber wohin? Ja wohin?

Es war ein kleines Haus,
Klein, aber ganz fein,
Für uns allein.
Gemütlich und hübsch,
Das mein Großvater
Nur für uns gebaut hatte.

Darauf war er sehr stolz.
Nicht nur dieses Haus,
Sondern viele andere Häuser
Hatte der alte Mann
Mit den Jahren
Auf die Beine gestellt.
Ja, ein großer Baumeister
War mein Großvater,
Der Vater meiner Mama.

Mein Vater kam oft müde
Von der Arbeit nach Haus.
Wir haben draußen auf der Straße
Auf ihn gewartet.
Unsere Mutter war
Wie immer sehr ungeduldig.
Nicht selten schimpfte sie
Über unseren armen Papa,
Der von sehr weit her
Mit seinem Rad fahren musste.

Aber meine Mutter
Hatte kein Verständnis dafür
Und klagte jedes Mal etwa so:

„Wo bleibt nur dieser Teufel?
Hängt er schon wieder in einer Kneipe,
Oder hat er unterwegs
Andere Weiber getroffen?"

Das war ihre Art, ihre Liebe
Zu unserem Papi zu zeigen.
Es war nicht unbedingt
Böse von ihr gemeint.

Hat meine Mutter meinen Vater geliebt?
Das werde ich nie beantworten können.
Das hat sie uns nie gesagt.
Ich weiß nur:
Mein Vater hat sie früher
Wirklich sehr gern gehabt.
Ja, ja, er hat sie schon
Sehr gern gemocht.
Es war mit Sicherheit
Eine ehrliche Kinderliebe,
Sie kannten sich
Seit sie klein waren.

Aber ob sie ihn geliebt hat?
Kann ich nicht sagen,
Ich war noch zu klein,
Um das jetzt genau sagen zu können.

Ja, der Papa hat hart gearbeitet
Und am Abend bei uns
Gab's noch kein Fernsehen.
Stattdessen
Haben wir schöne Musik angehört.
Mal Radio, mal Schallplatten,
Die haben wir fast jeden Tag gehört.
Mein Vater mochte gern Musik.
Viele Vinyl-Schallplatten
Hatte er schon.
Die waren damals noch sehr teuer,
Deswegen gab's auch Krach im Haus.
Dann klagte meine Mama:

"Man könnte denken, wir sind Millionäre.
Du kaufst deine Platten
Und wir haben nichts zu beißen."

Mein Papa lachte darüber,
Genoss weiter seine Musik
Und nichts brachte ihn
Aus der Ruhe,
Nicht die Schallplatten
Nicht die Kakerlaken.

Das Leben am Rio Negro
War eigentlich wunderbar,
Aber das Geld
War immer sehr knapp.
Für Essen oder Schallplatten
Blieb nicht viel.
Man lernte früh
"SPAREN MUSS SEIN!"

Nun, unser Familienleben
War wirklich schön,
Wir hatten immer viel zu erzählen,
Das Leben war voller Freude.

Ja, ja ...
Damals am Rio Negro
War eine sehr schöne Zeit,
Das würde ich jetzt schon sagen.
Trotz Kälte, Hunger und Not
War es toll
Mit Mama und Papa
In unserem kleinen Haus zu sein.

Jetzt, nach so vielen Jahren,
Ist das Haus am Rio Negro
Nicht mehr da.
Unser Hund ist tot
Und meine Eltern
Leben auch nicht mehr.

Meine lieben Eltern liegen irgendwo
Friedlich Seite an Seite im Grab.
Die singen vielleicht
"Spiel mir das Lied vom Tod."

Wir alle werden irgendwann,
Früher oder später,
Das Lied vom Tod singen müssen.
Lieber jetzt das Leben genießen,
Anstatt sich ungcmütlich
Zu früh ins Grab zu legen
Und zu bereuen,

Dass man das Leben
Nicht mit Liebe und Freude
Genossen hat.

Wenn alles vorbei ist,
Dann ist es eben vorbei.
Von allem bleibt nur das,
Wie bei unserem Fluss in Brasilien,
Der immer nach Süden
Weiterfließen muss
Und er fragt nicht warum,
Ja, lassen wir ihn schweigen.

Das Leben ist wie das Wasser,
Das es unter der Hitze, unter der Sonne,
Nur ein paar Stunden aushalten kann.
Am Schluss verdampft alles.
Endstation!
Und irgendwann dampfen wir genauso.

Ja, es bleibt von uns allen
Gar nichts mehr übrig,
Wie bei einem leeren Kanister,
Nur ein vertrockneter Körper,
Der für nichts mehr
Zu gebrauchen ist.

Heimliche Liebe

Sehr gern denke ich immer wieder
An die Zeit mit meiner lieben Cousine.
Damals waren wir noch so klein.
Ich war das Pferd,
Sie war die Reiterin.
Galopp, galopp, galopp ...
Schnell durch die Welt
Im Galopp.
Sehr gern denke ich immer noch
An meine Liebe Cousine,
Wir waren damals noch so klein,
Unschuldig, hübsch und verliebt.

Ganz logisch,
Die Zeit hat uns verändert.
Jetzt bin ich nur noch ein altes Pferd
Und sie eine müde Reiterin geworden.

Ja ..., meine liebe Cousine
Ist eine müde Reiterin geworden,
Die vieles im Leben erlebte ...,
Hochzeit, Kinder bekommen,
Erkrankung und Scheidung.

Ich fühle mich manchmal
Wie ein vergessener Ritter,
Ohne sein weißes Pferd,
Ohne sein Königreich,
Der hinter Mauern lebt,
Wie in einem Schloss aus Sand.
Was mir immer noch zu schaffen macht,

Ist meine fixe Idee von damals,
Eines Tages meine liebe Cousine
Heiraten zu dürfen und mit ihr
Für immer glücklich sein zu können.

Es war wirklich nur eine Illusion
Von mir als Kind.
Unsere ganze Familie
Wäre selbstverständlich
Vehement dagegen gewesen.
Ja, ich wollte sie heiraten
Und in meiner Kinderphantasie
Wollte ich wie der böse Drachen sein,
Der Feuer durch die Nase spieh,
Mit meiner Lanze und meinem Schwert,
Wollte ich wie ein Held meine Cousine
Für immer von Leid befreien.

Die Familie war aus Tradition
Katholisch und auch sehr altmodisch,
Da kann man auch sehr gut verstehen,
Hochzeit zwischen Cousin und Cousine
Sowas gab es bei uns nicht.
"NIX da junger Mann,"
Das hätten meine Mama und meine Tante
Schon deutlich gesagt.

Und so suchte jeder von uns
Seinen Weg im Leben,
Aber unsere große Liebe
Ist immer geblieben.

Und keiner kann uns
Dieses Gefühl von damals
Irgendwann wegnehmen.

Wir waren zwei kleine Kinder,
Die sich sehr lieb gehabt haben,
Zwei Kinderseelen,
Die nicht für immer
Zusammenbleiben konnten.

Wir waren doch Cousin und Cousine.
Ja, das ist eine alte Familiengeschichte.
Was konnten wir schon machen?
Die Tradition hat uns für immer,
Wie zwei Fremde,
Auseinander gebracht.

Wir waren nur zwei Kinder,
Die sich sehr geliebt haben,
Wir waren zwei Kinderseelen,
Die nicht für die Ewigkeit
Zusammenbleiben konnten,
Nur weil wir ...
Cousin und Cousine waren!

Immer in Bewegung

Obwohl sich unsere Erde bewegt,
Bist du die Bewegung deines eigenen Lebens,
Du bist nicht nur derjenige, dessen Schritte
Dich nach vorne bringen,
Sondern viel mehr.

Du bist selber das Rad des Lebens,
Wenn du es willst.
Deswegen, nicht stehen bleiben!
Aber auch wenn du es nicht willst,
Die Erde dreht sich immer weiter.

Richte dein geistiges Interesse nach innen,
Dann wird dein Geist an Kraft gewinnen.
Nach außen bist du nur eine Erscheinung.
Die Wahrheit über dich
Steckt hinter tausend Türen,
Hol dir die passenden Schlüssel dafür.

Dreh dein Rad, langsam und sicher,
Aber bitte nicht wie eine Maus,
Die nicht verstehen kann,
Wozu dieses Rad dienen soll.

„Du bist selbst das Rad des Lebens."

Das hat schon Angelus Selesius gesagt.
Trete kräftig in die Pedale,
Keiner holt dich ein.
Die Entscheidung liegt nur bei dir,
Wirklich nur bei dir!

Nur dein Wille und deine eigenen Schritte
Können dich nach vorn bringen,
Sonst niemand!
Für dich trägt niemand anders
Die Verantwortung.

Sei die Gestaltung
Und die Wirklichkeit
Deiner selbst.
Das Leben bereitet uns
Viele Enttäuschungen.
Komm, denk gar nicht daran,
Trete kräftig in die Pedale,
Das Leben braucht Bewegung.

Geh immer weiter,
Die Welt wartet nicht,
Sie dreht sich weiter,
Ohne nach hinten zu schauen.
Die Erde dreht sich vorwärts
Und niemals zurück.
„Du bist selbst das Rad des Lebens."
Das hat schon Selesius gesagt
Trete kräftig in die Pedale.
Es ist noch Zeit.

Irrenhaus

Die Welt ist ein Irrenhaus,
Sowas höre ich immer wieder
Und das dürfen wir
Auch nicht vergessen.

Mit Sicherheit
Leben wir in einer seelisch
Und körperlich kranken Gesellschaft.
Das Irrenhaus ist groß genug,
Da passt immer noch einer rein.
Aber bitte nicht vergessen:
"Mens sana in corpore sano "

Krankheiten machen die Ärzte
Reich und berühmt.
Da klingelt die Kasse gut und
Das ist für die Ärzte sehr gesund.
Egal ob Grippe oder Nierensteine,
Die Krankenkasse wird zu Kasse gebeten.
Wenn die Pille nicht funktioniert,
Bleibt für alle noch
Das schon bekannte Irrenhaus.

Wenn einer nicht krank ist,
Kein Problem ...,
Die Pharmaindustrie
Forscht schon nach einer
Passenden Krankheit.
Ja, lieber Freund,
So kommen die Krankenkassen
Oft in die roten Zahlen und ins Schwitzen,

Das Geschäft muss weiterlaufen.
Kranksein muss sein, Herr Doktor.
Warum gesund bleiben?
Das wollen
Die Tabletten-Magnaten nicht.

"Mens sana in corpore sano"
Das war einmal!

In so einer Welt, in der Kranksein
Schon normal geworden ist,
Muss ich an Jörg Blech's
"Die Krankheitserfinder" denken
Und ihm Recht geben,
„Gesund und zäh in unserer Zeit zu bleiben
Ist schon fast ein tägliches Abenteuer."

Keine Sorge, liebe Apotheker,
Für jedes neue Medikament
Gibt es immer ein Opfer.
Wir finden schon
Die richtigen Präparate.
Wie die Ärzte so schön sagen:
"Medikament muss sein."
Das klingt gut, nicht wahr?
Wie wir wissen,
Die Kasse muss klingeln!

"Mens sana in corpore sano"
Nun, immer SANO zu sein
Ist nicht angebracht,
Das bringt kein Geld.
Ärzte und Apotheker

Wollen eben sehr gut leben,
Dafür müssen Krankheiten
Erfunden werden.

Hat das Kind ein bisschen Fieber,
Schnell zum Onkel Doktor,
Er macht das Kind schon gesund.
So wird zumindest gedacht.
Wenn es nicht gesund wird,
Hauptsache der Krankenschein ist da.
Kein Problem, die Krankenkasse zahlt.
Bei dem Onkel Doktor
Wird nichts verschenkt,
Nicht mal der Totenschein.

Kann das Kind nicht richtig sprechen,
Weil die Eltern keine Zeit haben
Sich mit ihm zu unterhalten,
No problem ...
Holt man die Tante Logopädin ins Haus,
Die Krankenkasse zahlt.
Aber wie lange noch?
Mein lieber Gesundheitsminister?

"Mens sana in corpore sano."
Das war einmal!

Wie viele Tabletten schluckt
Ein Mensch in seinem Leben?
Besser nicht daran denken.
Es bleibt immer der Verdacht:

"Zuerst erfindet man dies Medikament
Und hinterher
Die passende Krankheit dazu."

Die Pharmaindustrie zeigt, wo es lang geht.
Man erstickt, man erdrosselt, man vergewaltigt
Unsere heilige und unschuldige Krankenkasse,
Und alles im Namen der Gesundheit.
Mittlerweile heißt es sogar:
"AOK, die Gesundheitskasse."
Das klingt echt schön,
Ja, warum Krankenkasse?

"Mens sana in corpore sano"
Aber die Ärzte
Wären damit nicht einverstanden:
„Corpore sano ... könnte bedeuten
Weniger Kohle auf dem Konto."

Insofern wird das Geschäft
Auf Volldampf gebracht.
Impfungen, Tabletten, Untersuchungen,
Her mit den Medikamenten.
Keine Frage, die Kasse zahlt
Und der Patient,
Der muss warten,
Deswegen heisst es doch "Patient,"
Also ... der Geduld hat.

Die Welt ist schon ein Irrenhaus!
Aber keiner will es zugeben.
Und keiner versucht
Schnell wegzugehen.

Alle gehorchen brav
Dem Gesundheitsminister.
Der redet wie ein Wasserfall,
Um die Menschen zu überzeugen.
Medikamente? Die müssen sein!

"Mens sana in corpore sano"
Es war einmal ...

Der Schnee von gestern

Ich betrachte die Weide,
Es ist schon alles weiß geworden.
Der Schnee bedeckt auch unseren Garten.
Er sieht aus wie ein weißes Tuch
Über den Feldern.
Die weiße Farbe bedeckt die Welt.
Die Rosen sind
Schon lange nicht mehr da.
Geblieben sind nur die Äste.
Der Herbst bläst alle Blätter
Auf den Boden.
Der Herbst ist gnadenlos,
Es lässt nichts im Weg stehen.

Weißt du, meine liebe Frau?
Die Rosenstöcke, die du selbst
Vor langer Zeit mit sehr viel Liebe
Und Bedacht eingepflanzt hast,
Die Rosen kommen immer wieder.
Ich freue mich darüber.

Eines Tages kam ich nachhause,
Da standest du im Garten,
Deine Hände waren schmutzig
Von der Erde, sie waren ganz schwarz.
Ich lachte und küsste dich,
Das war einfach Glück.

Es waren Kleinigkeiten,
Die ich so gern sah ...,
Zum Beispiel dich im Garten,

Oder dich, wie du mit den Kindern
So gern lachtest.
Es waren Kleinigkeiten,
Die ich an dir sehr geschätzt habe.

„Schau mal da draußen,"
Sage ich jetzt zu mir selbst,
Da sind Millionen von Sonnenstrahlen,
Die auf den Tannen tanzen,
Es wird alles noch schöner
Und bald wird Weihnachten sein.

Die Bäume tanzen heute
Mit Begeisterung.
Und ich weiß,
Die tanzen nur für dich.
Die tanzen heute wie damals,
Als du noch hier warst,
Ja, die tanzen nur für dich.

Es ist alles so leise geworden.
Kein Auto, kein Lärm von Nachbarn.
Man hört überhaupt nichts.
Sogar die Kirche gibt uns heute Ruhe.
Gott sei Dank! Wunderbar!
Es ist wirklich sehr schade,
Dass du nicht mehr daheim bist.

Unglaublich, wie die Zeit vergeht.
Heute ist schon fast Neujahr.
Vor einiger Zeit, nicht so lange her,
Da warst du noch hier bei mir.
Wir tranken gern einen Tee

Zusammen in der Küche.
Dein Lieblingstee war der Lapacho.
Damals haben wir noch davon geträumt,
Unsere Kinder zusammen zu erziehen.
Wir haben auch geträumt
Für immer zusammen zu bleiben.
Vielleicht sogar
Zusammen alt zu werden.
Von unseren damaligen Träumen
Blieb nur der Schnee von gestern.

Auch deine Liebe zu mir,
Wie sie einmal war,
Davon ist nichts mehr zu spüren.
Es war alles wie die Blätter des Herbstes.
Wie der weiße Schnee,
Alles kommt und geht.
Geblieben ist nur
Der Schmerz und die Enttäuschung,
Dich an einen anderen verloren zu haben.

„Schau mal da draußen",
Sage ich immer wieder zu mir.
Der Schnee ist nicht der gleiche.
Nicht der gleiche wie damals,
Als die Kinder noch damit spielten.
Es war einmal, vergiss das bitte nicht,
Die Zeit kehrt niemals zurück.

Auf dem Spielplatz oder auf der Straße
Waren die Kinder immer sehr gern.
Jetzt spiele ich allein.
Jeden Tag spiele ich mit meinem Kummer

Und mit meiner Einsamkeit.
Ich möchte heute hier in unserem Haus
Ganz allein bleiben.
Ich werde alles ganz genau beobachten.
Wie der Schnee schmilzt,
Wie die wenigen Vögel fliegen
Und wie der Schnee weggeht,
Beobachten wie die Bäume
Durch den Wind bewegt für dich tanzen,
Über mich und meinen Kummer
Sogar lachen.

Ja, ich bin schon mit der Zeit
Ein Clown des Lebens geworden.
Aber die Erinnerungen von früher
Strömen immer noch durch meinen Kopf,
Sie lassen mich nicht in Frieden.

Doch ich denke gern daran,
Wie du in unserem Garten
So gern gearbeitet hast.
Mit Liebe und Gefühl hast du
Nach jedem kleinen Pflänzchen geschaut.
Nachgeschaut und es mit Liebe gepflegt.
Mal ein bisschen Wasser,
Mal einen Kuss gegeben.
Du hast alles so schön gemacht,
Weißt du das noch?
Sorry, aber vergessen kann ich nicht.

Ich bin mir sicher,
Du warst damals so glücklich
Wie noch nie zuvor.

Warum blieb alles nicht wie es war?
So wie wir es erträumt haben?
Was war nur los mit dir?
Warum ist alles
So plötzlich anders geworden?

Ja, mit der Zeit, und vor allem jetzt,
Schon viel zu spät,
Habe ich genau mitbekommen,
Welches der Grund war,
Dass du dich auf einmal
So sehr verändert hast.
Jemand ist mit Gewalt und skrupellos
In unser Leben eingedrungen.
Ja, das war der Grund,
Warum du mich verlassen hast.
Glück ist wie der Schnee, kommt und geht,
Nur der Schnee hinterlässt keine Spur,
Keine Schmerzen.
Wenn das Glück nicht mehr da ist,
Dann tut alles unerträglich weh.
Man leidet unendlich,
Man leidet bis alle Tränen
Nicht mehr da sind.
Die trocknen einfach aus.
Das Messer der Enttäuschung
Bleibt für immer ganz tief
In unserer Seele stecken.

Ja , wir beide sind sozusagen,
Der Schnee von gestern geworden.
Leider musste alles so werden.
Das Glück ist wie der Wind.

Kommt sanft und geht.
Wohin? Niemand weiß wohin.
Mit der Zeit war von deiner Liebe
Gar nichts mehr zu erwarten,
Es ist gar nichts mehr geblieben.
Die Rosen sind auch gestorben,
Gnadenlos, du hast uns alle
Vernichtet, verachtet und
Fast umgebracht.
Voller Liebe denke ich noch an dich,
Mein Gott, ich habe dich
So unendlich geliebt.
Jetzt bin ich nur noch
Wie der Schnee von heute früh,
Den ich am Fenster sah.
Der Schnee, der jetzt auf dem Boden liegt,
Der gnadenlos von Passanten
Zertrampelt und gnadenlos zermatscht wird.

Genau wie der weiche Schnee
Schmilzt jetzt meine Seele.
Und mein Herz ist auch abgebrannt.
Alles hat keinen Sinn mehr.
Es ist alles wie der Herbst und
Der Winter, die kommen und gehen.
Die hinterlassen keine Spuren,
Gehen leise und für immer weg,
So war es mit deiner Liebe.

Ich schau unseren geliebten Garten an,
Vom Fenster aus, voller Liebe.
Wo sind die Rosen geblieben?
Wo bist du jetzt?

Wo ist der Hund
Und wo sind die Kinder?
Ich werde langsam verrückt!

Von allem ist keine Spur geblieben.
Du hast alles mitgenommen,
Die Zeit, mein Glück,
Die Rosen, mein Leben,
Meine Hoffnung,
Meine Hoffnung zu leben,
Alles, alles hast du mitgenommen.

Ich bin jetzt nur ...
Wie der Schnee von gestern,
Der Schnee, der auf dem Boden liegt,
Den gnadenlos zertrampelt wird
Und gnadenlos zermatscht wird.
So fühle ich mich jetzt
Wie ein Held, ein Clown und
Wie ein Versager.

Liebe macht blind

Ein Ehepaar, gute Freunde von mir,
Hat oft Auseinandersetzungen,
Die nicht gerade
Freundlich angefangen haben.
Sobald einer was sagt,
Kommt der andere
Zum Beispiel
Mit solchen Bemerkungen:
"Plapper bitte meine Ohren nicht voll,
Behalte deinen Zorn für dich.
Sei doch glücklich mit deinem Leben,
Ein besseres wirst du nirgends finden."
Solche Sachen sagt zum Beispiel die Ehefrau
Sehr oft zu ihrem Ehemann.

Der Abend war oft voller Diskussionen.
Die große Liebe vor vielen Jahren
War zu einer einzigen Hölle geworden,
Zusammenleben zu müssen
War eine einzige Quälerei geworden.

Die Frau ging oft betrunken ins Bett.
Der Mann blieb allein im Wohnzimmer,
Mit sich selbst und mit seinem Fernseher.
Dieses Wundergerät
Sorgte schon zuhause für Unterhaltung.
Charles, das war sein Name,
Der war schon fast am Ende.
Der arme Charles,
Der konnte einfach nicht mehr.

Die haben sich am Anfang,
Wie alle anderen,
Ewige Liebe versprochen.
Sogar Gott war dabei
Und hörte alles
Was der Pfarrer in der Kirche sagte:
"Bis dass der Tod euch scheidet."
Wer will schon mit dem Tod leben?
Nun, mit der Zeit
Ist deutlich geworden,
Dass man nicht ewig
Nur von Liebe leben kann.
Ein Bier oder eine Bratwurst
Muss schon manchmal sein.

Die Freude eines Hochzeitsfestes
Geht sehr schnell vorbei,
So schnell wie eine Reise
In den tiefen Ozean des Enttäuschung.

Nach der Hochzeit von Charles und Anne
Dauerte es nicht lange,
Dann kamen schon die ersten Streitereien,
Sogar in den Flitterwochen gab es Ärger.
Keiner wusste ganz genau warum,
Aber wenn man verliebt ist,
Kommt alles sehr schnell
Wieder in Ordnung.

Später aber geht es nicht mehr so leicht.
Die Streitereien werden mehr,
Öfter und länger,
Und die Versöhnung

Kann lange dauern.
Die Geduld dagegen
Wird immer knapper und kürzer.

Man kann nicht ewig
Nur von Liebe leben.
Ein Bier oder eine Bratwurst
Muss schon manchmal
Als Abwechslung sein!

Die Ehefrau war immer unzufrieden.
Im Sommer war es für sie zu heiß,
Im Winter, klar ... war es viel zu kalt.
Sie suchte immer einen Grund,
Um unglücklich zu sein.
Der arme Charles
Hat schon vieles zu ertragen.

Die beiden waren schon
So viele Jahre zusammen.
Die Zeit machte sie,
Auch mich und dich,
Also machte uns alle
Vollkommen blind.
Es wird immer ein Cocktail
Aus Geduld, Hass und Liebe
Notwendig sein,
Um alles auf die Reihe zu bekommen.

Ja, ... das sage ich dir,
Das Leben von Charles und Anne
War eine einzige Hölle.

Aber ewige Liebe
Ist in der Kirche damals
Doch versprochen worden.

Oft ist es so ...
Eines Tages kommt es soweit,
Dass einer den anderen
Nicht mehr sehen kann.
Dann mischt sich der Teufel
In das Familienleben ein
Und fängt an zu tanzen.

Wir dürfen nicht vergessen,
Was der Pfarrer
Bei der Hochzeit immer sagt:
"Bis dass der Tod euch scheidet."
Das wird am Altar gesagt,
Was kann man anderes erwarten?

Der Teufel hört immer gern zu
Und lacht ausgiebig dabei.
Der hilft gern bis zum Schluss.
Und wenn es sein muss,
Holt er seinen Henker dazu.

Ja, Liebe macht blind.
Du hast das schon kapiert,
Nicht wahr?
Aber wie könnte es anders laufen?
Man muss schon blind sein,
Um solche Verantwortung
Auf sich nehmen zu wollen,
Haus, Hunde, Versicherungen

Und alles was dazu kommt,
Ohne zweimal zu überlegen,
Ist es das, was ich wirklich möchte?

Wer, wie Charles und Anne,
Doch heiraten will,
Der muss vielleicht
Vieles in Kauf nehmen,
Ehekrise, Krankheit, Scheidung,
Rache, Liebeskummer, Hass.
Alles ist schon dabei,
Es ist genau wie beim Urlaub auf Mallorca:
"All inclusive,
Darf es noch was sein?",
Fragt der Teufel.

Es ist schon oft ein Wunder,
Wenn es nicht gleich kommt,
Wie der Pfarrrer bei der Zeremonie
Immer wieder sagt:
"Bis dass der Tod euch scheidet."
Mit solch einer Erwartung,
Wie kann es anders sein?

Charles lebt noch,
Anne denke ich auch,
Nun, die beiden gehen sich jetzt
Vorsichtig aus dem Weg,
Sonst gibt es einen Urknall.

Liebe macht blind
Und das Leben zu zweit
Macht mit der Zeit müde
Und kann sogar krank machen.

Der Pfarrer hat schon Recht,
Und warnt jeden davor,
Verliebt zu sein ist wunderschön,
Aber Hochzeit und Zusammenleben
Ist sehr ernst zu nehmen.

Eben, eben ...
Liebe macht blind
Und das Leben zu zweit
Macht alt, müde und ungeduldig.
Doch was soll das,
Alleine ist es auch nicht schön.
Lass die Hunde bellen,
Die Karawane läuft weiter.
Lebt wohl Charles und Anne,
Holt Luft
Und singt laut das Lied:
"Wer soll das bezahlen?"
Ich doch nicht!!!
Du auch nicht, oder?

Der Meister und sein Geselle

"Geh weg, was suchst du noch hier?
Zeig der Welt dein Gesicht.
Mach, dass du wegkommst.
Hinter dem Horizont
Fängt dein Glück an.
Komm, verschwinde von hier."

Das sagte der Meister
Zu seinem jungen Gesellen.
Er sollte sein Glück woanders suchen.
Ein geankertes Schiff verrostet
Und kennt keine neue Liebe.

"Und so ist es mein lieber Geselle,"
Sagte der Meister weiter:
"Geh weg von hier,
Ganz weit weg, mein Junge,

Beweg deinen Hintern,
Vorwärts mit deinen Füßen,
Das Leben ist viel zu kurz,
Die Welt ist viel zu lang,
Und schaff "dass du wegkommst."

Wer entdecken will,
Was sich hinter dem Horizont versteckt,
Der muss schon bereit sein
Tausend Schritte zu gehen.

Wer sein Herz verschenken will,
Der muss sich beeilen.

Hübsche Frauen und reiche Männer
Bleiben nicht immer jung und frei.
Die Zeit ist gnadenlos.
Die Zeit macht aus einer Prinzessin
In wenigen Jahren
Jemanden wie den Glöckner von Notre Dame,
Das geht sehr schnell
Und aus reichen Männern
Werden mit der Zeit
Nur haarlose Frösche.

Mach, dass du wegkommst,
Dein Bett wird schon auf dich warten,
Bis du zurückkommst.
Nimm gar nichts mit,
Nur deine Courage.
Der Mond, die Sonne und die Sterne,
Die werden dir Gesellschaft leisten.

Ja ..., wer keinen Abschied
Von seiner Routine nehmen kann,
Der wird auch nie woanders
Ankommen können.
Auch wenn das Meer weit ist
Und unendlich scheint,
Kein Hafen kann so weit sein,
Wie unser kleiner Geist,
Der immer bleiben will.

Deswegen schiebt der Meister
Seinen jungen Gesellen weg.
Die Welt wartet auf ihn.
Wer bleibt, hat nichts zu erzählen
Und wird nur ein leeres Blatt sein.

Hau ab, zeig der Welt dein Gesicht.
Hau ab,
Mach es genau wie der junge Geselle.
Bleib nicht im Hafen verankert,
Nimm deine Freiheit in die Hand,
Warte nicht bis der Tod kommt,
Der kommt wesentlich früher
Als du denkst.

Die Welt ist nicht klein
Sondern überdimensional,
Geh für immer fort,
Sei nicht ein leeres Blatt,
Nimm deine Freiheit in deine Hände.

"Leb jetzt und sofort,
Der Tod ist nur eine Lebensergänzung,
Geh in die Welt hinein,
Zeig dein Gesicht, deinen Mut
Und deine Entschlossenheit."

Hervorragend

Das Leben ist einzigartig
Und voller Wunder,
Es gibt immer Dinge,
Die nie zu erwarten sind,
Die allerdings passieren.

Ich habe mich mit meinem Gott
Und mit mir selbst versöhnen können.
Keiner liebt dich mehr als du selbst,
Dennoch solltest du diese Liebe
Jeden Tag ein bisschen mehr pflegen.
Etwas Ähnliches
Sagte ein Philosophieprofessor
Schon vor vielen Jahren zu mir.

Er meinte noch:
"Verbring deine Tage mit dir,
Liebe dich unendlich und ohne Grenzen,
Schenke auch den anderen
Ein bisschen von deiner Liebe.
So wirst du merken und sehen,
Dass die anderen Menschen
Auch etwas davon brauchen
Und sehr viel davon profitieren können."

Wenn jemand mit seinem Gefühl in Frieden lebt,
Und den Eindruck hat geliebt zu werden,
Spürt er, wie alles leichter zu nehmen ist,
Und merkt, wie schön das Leben sein kann.

Die Sonne, die Sterne, der Mond,
Die sehen jeden Tag anders aus,
Die wollen uns manchmal imponieren,
Manchmal spielen sie Verstecken mit uns,
Aber sie sind immer da,
Wenn wir sie brauchen.
Wir müssen nur zum Himmel schauen
Sie alle sind da ... alle ... zu unserem Glück.

Eines Tages sagte ich zu meinem Vater
"Schau Papi, da ganz oben wohnt Gott."
Mein Vater konnte das nicht sofort begreifen,
Er brauchte viele Jahre, um das zu verstehen.
So sind die Erwachsenen,
Sie brauchen viel Zeit,
Um ein bisschen wie Kinder zu werden.

Das Leben ist einzigartig
Und voller Wunder.
Mein Gott, wie glücklich ich jetzt bin.
Ich könnte das Glück
Kiloweise verkaufen,
Vermieten und verschenken.
Will jemand was davon?
Keiner hebt seine Hand.
Ja ich merke schon:
Es ist sehr schwer glücklich zu sein.
Man muss es wollen,
Man muss dafür kämpfen.
Jeder Mensch ist so glücklich
Wie er selbst sein will.

"Schau Papi, da oben wohnt Gott ..."
Auch mein Papi hat das nicht verstanden.
Ja Papa, ich weiß,
Man braucht das ganze Leben,
Um ein fröhliches Kind zu sein.
Und das schafft nicht jeder.
Schade!

Makrokosmos

Ich würde gern ein Teil des Ganzen sein,
Ich möchte meine Freude mit dir teilen,
Dir meinen Glauben zeigen.
Ja, heute fühle ich mich als ein Teil des Ganzen.

Ich möchte mich heute nicht abspalten,
Dennoch alles was mir kostbar ist
Mit meinen Mitmenschen teilen.
Schenk mir dein Vertrauen,
Ich kann dir nur meine Hoffnung,
Meinen Glauben und mein Gebet schenken.

Ich würde gern heute alle Menschen heilen,
Egal ob durch den Glauben,
Oder mit der heilenden Kraft der Natur.
In Verbindung mit Ayurveda
Sollten alle heute gesund werden.
Alle sollten ein Teil
Des kosmischen Geistes sein.

Gott ist groß und kann jeden heilen,
Schon wenn man daran glaubt
Könnte jede Krankheit geheilt werden.
Frieden fängt erst mit dem Einheit an.
Wir sollten lieben,
Ohne Grenzen und Vorbehalte.

Ich möchte gern heute
Ein Teil des Ganzen sein.
Ganz genau!
Wir sind nur ein Punkt in diesem Universum.

Ich bin nur ein Funke der endlosen Liebe.
Meine Belastbarkeit ist nicht sehr groß.
Ich weiß!
Ich bin dennoch ein fließender Strom,
Ein fließender Strom
Des Daseins, durch alle Zeiten.
Ich bin Leben,
Energie und ein Teil des Kosmos.
Wenn es so ist:
Wie könnte ich nicht glücklich sein?

Die Kraft meines Ichs

Lege dich auf den Rücken,
Auf einen sanften Boden.
Ein kleines Kopfkissen
Kann dir dabei behilflich sein.
Die Füße etwas auseinander
Schließe deine Augen,
Konzentriere dich,
Spüre die heilenden Energieströme,
Lass in einer Energiequelle des Lebens
Körper und Seele miteinander verschmelzen.

Atme tief und vergiss alles,
Vergiss alles, alles,
Was um dich herum geschieht.
Spüre in deinem Unterbauch
Die horizontale Linie deines Körpers.
Alles geht nur um die Wahrnehmung.
Es geht um deinen Schnittpunkt,
Es geht um deine Zentrierung,
Es geht um dein Wohlbefinden,
Es geht nur um deinen Frieden.

Atme ganz tief und sehr ruhig.
Deine Hüfte ist das Zentrum
Und das Kommando deines Körpers,
Genauso wie eine Pyramide
Das Zentrum des Himmels ist.

Folge deiner Atmung, hin und her,
Versetz dich in eine schöne Zeit,
Vergangene Zeit, in deine Zukunft,

Die Gegenwart.
Alles was dich bedrückt
Ist gar nicht mehr da.
Du bist frei, du bist frei!

Nimm Abschied von allem.
Folge deiner Seele,
Folge deiner grenzenlosen Welt.
Lass alles einfach hinter dir,
Du bereitest dich heute
Für ein neues Leben vor,
Für deine Wiedergeburt.

Wir wollen heute meditieren,
Vergiss für ein paar Minuten
Alles was in deinem Leben geschieht,
Alles was noch kommen soll.
Du bist einfach ein Teil des Jetzt.
In deiner Seele, das wissen wir,
Strömt eine gewaltige Kraft.
Nutze sie zu deinen Gunsten.
Diese Kraft bringt dich ganz nach oben,
Nach oben zu Gott und zu dir selbst.

Atme ganz tief, du bist immer noch da.
Nun hat die Reise schon begonnen,
Schließe deine Augen,
Schließe Frieden mit dir selbst.
Mach dich frei für einen neuen Tag.
Du bist ein Teil des Jetzt.
Spüre deine Energieströme,
Nutze sie zu deinen Gunsten.

Folge deiner Atmung, hin und her
Nutze die Kraft des Universums.
Diese Kraft bringt dich ganz nach oben,
Nach oben zu deinem lieben Gott
Und zu deinem inneren Selbst.
Du bist FREI !

Papi ist weg !

Das Wasser war kalt,
Aber trotzdem
Waren die Kinder froh
Mal wieder baden zu können.

Ich vermisste mein Handy
Und dachte ständig an meine Termine.
Ich konnte mal wieder,
Auch in diesem schönen Bad,
Alles nicht richtig genießen.

Wo treiben meine Gedanken?
"Papi, Papi, wirf doch den Ball."
Ich tue automatisch was sie verlangen.
Ich bin schon wie eine Maschine geworden.
Das merke ich schon,
Und meine liebe Frau sowieso.

"Papi, Papi, guck mal,
Ich kann schwimmen."
Ich lache, versuche mich zu freuen.
In meinem Kopf tauchen
Viele Sachen und viele Rechnungen auf,
Die noch offen waren
Und dringend zu bezahlen waren.
Meine Frau liest wieder ein Magazin
Und meint, langsam wäre ich
Reif für das Irrenhaus.

Ja, ich kann mich langsam
Auf nichts mehr konzentrieren.
Freizeit ist für mich
Zur Quälerei geworden.
Ich habe keinen Kopf mehr frei,
Um wirklich frei zu sein.

"Papi, Papi, ich möchte ein Eis."
Na gut, dann gehen wir.
Am Ausgang gibt es Eis.
"Nein Papi, jetzt noch nicht."
"Kommt, es ist Zeit zu gehen",
Sage ich ungeduldig!
Wie immer, wollten die Kinder
Weiter im Schwimmbad bleiben.

Ich sage zu den Kindern,
Ohne genau zu überlegen,
"Bitte packt alle Sachen ein,
Für heute ist es genug,
Wir gehen nach Hause!"

Aber die Kinder lassen
Gar nicht locker
Und verlangen noch dazubleiben.
"Nein Papi, wir wollen
Noch ein bisschen bleiben!"

Das nervt mich schon wieder,
Ich will nur nachhause,
Zu meinem Büro und den Papieren.
Das spüren die Kinder
Und meine Frau

Ärgert sich schon wieder darüber,
Dass ich keine Zeit mehr habe
Und wieder nachhause will.

Und sehr verärgert macht meine Frau
Ihr Magazin zu und sagt prompt zu mir
"Warum so früh nachhause?
Hast du noch was zu tun?
Es ist immer so mit dir.
Komm, lass die Kinder spielen,
Es ist noch zu früh.
Dein Büro kann warten,
Es ist immer dasselbe mit dir."

Nach einer gewissen Zeit
Steigen die Kinder mit Mühe ins Auto.
Die sind schon sehr müde,
Und so gibt's wie oft im Auto
Mal wieder Streiterei.
Das war nie zu vermeiden.
Während der Fahrt
War meine Frau nicht sehr gesprächig.
Sie fragte mich plötzlich,
Aber nicht sehr freundlich.

"Warum hast du nie Zeit?
Warum kommst du dann mit?
Nächstes Mal bleib bitte zuhause,
Mit deinem Telefon und deinen Papieren.
So einen Vater haben unsere Kinder
Wirklich nicht verdient."

Ich wusste schon wie das enden würde.
Das letzte Mal war es genauso.
Es wiederholte sich immer.
Ja, ja, es war immer dasselbe.

Mit ihr hat man nie Ruhe.
Sie spricht manchmal zu viel,
Oder schweigt wochenlang
Vor sich hin.
Keiner wusste damals warum.

Kaum waren wir zu Hause angekommen,
Klingelte schon wieder das Telefon.
Meine Tochter war schneller,
Nahm schnell das Telefon
Und sagte, ohne mich zu fragen
"Papi ist nicht da ...,
Der ist schwimmen gegangen."

Ich kam zu spät,
Sie hatte schon aufgelegt.
Ich wurde nervös und dachte mir,
"Das darf nicht wahr sein."
Es war gerade
Ein sehr wichtiger Anruf,
Den ich erwartet hatte.

"Das Telefonat war wichtig,
Bestimmt ging es ums Geschäft,
Nicht wahr?"
Das bemerkte meine Frau sofort.

Meine Tochter hatte vielleicht
Einen Kunden verjagt.
Aber was sollte ich tun,
So sind die Kinder eben.
Ein bisschen Papi
Wollen die heute am Sonntag
Auch mal haben.

Ja, ich schaute meine Tochter an
Und dachte,
"Du hast Recht, mein Kind.
Du hast es schon richtig gemacht.
Dein Papa ist nicht da.
Dein Papi ist schon lange nicht mehr da.
Er sollte zurück zu euch kommen!
Du hast Recht, mein Kind,
Papi ist nicht da.
Wirf das Telefon weg,
Heute möchte ich bei euch bleiben."

Meine Frau stand in der Küche.
Sie machte das Abendessen.
Ich dachte, sie hätte wieder geweint.
Ich kam zu ihr, versuchte sie zu trösten.
Ich wollte mich mal wieder entschuldigen.
Sie ergriff das Messer und das Brot,
Sie schaute mich so fremd an.
Nicht nur fremd, sondern bedrohlich.
Ich bekam Angst vor dem Messer
Und allem was passieren könnte.

Ich habe sie kaum wiedererkannt.
In dem Moment
Wollte ich sie so gern umarmen,
Sie so gern küssen,
Aber sie schob mich plötzlich weg.

Ich wusste mal wieder nicht,
Was in ihrem Kopf los war.
Dann fragte ich sehr geduldig,
"Was ist los?
Was ist mit dir los, Schatz,
Was hast du denn?"
Dann antwortete sie mir
Kalt und gefühllos:

"Frag lieber, was ich nicht habe?
Du denkst, es ist alles in Ordnung.
Wie kannst du so blind sein?
Mir geht es nicht gut mit dir.
Ich möchte nicht mehr,
Ich möchte die Scheidung.
Dieses Leben kann ich
Nicht mehr ertragen.
Es ist Zeit, dass jeder sich selbst
Um sein Leben kümmert.
Es ist aus mit uns, ich steige aus,
Finito, vorbei.
Egal, ob du es willst oder nicht,
Es ist alles vorbei!
Ich werde nicht warten,
Bis dass der Tod uns scheidet."

Ich war perplex und außer mir
Und dachte, ich hätte alles vielleicht
Nicht richtig verstanden.
Wie konnte sie sowas denken?
Aber sie fuhr fort.

"Na, was ist los mit dir? Sag doch was!
Hast du deine Stimme verloren?
Sonst bist du immer laut,
Wenn es ums Schimpfen geht.
Deine Stimme ist normalerweise so,
Dass kein Mensch sie überhören kann.
Jetzt bist du auf einmal ganz leise
Und vielleicht machst du dir sogar in die Hose."

Ich konnte im Moment alles
Nicht richtig verdauen.
Und so verließ ich sofort die Küche,
Ohne irgendwas zu sagen.
Ich wusste nicht wohin
Mit all meinen Gedanken.
Ich packte ein paar wichtige Akten
Unter meinen Arm,
Gab meinen Kindern ein paar Küsschen
Und sagte fast mit Tränen in den Augen:
"Papi kommt gleich,
Ich habe jetzt was zu tun."

Meine Kinder
Waren damit nicht einverstanden.
Mein Sohn sprang auf
Und sagte energisch zu mir.
"Nein Papi,

Du muss heute hierbleiben,
Heute ist Sonntag,
Du musst heute freinehmen,
Bleib doch hier Papi."

Ohne zu zögern antwortete ich
"Ich kann nicht, mein Sohn,
Leider muss ich gehen,
Jemand wartet auf mich.
Papi hat noch was zu tun.
Sei bitte brav, nicht streiten.
Sei bitte brav. Ok?"

Wie gelähmt, ohne zu begreifen,
Was ich tat und was sein sollte,
Nahm ich die Autoschlüssel und fuhr weg.
Es war genau an dem Sonntag,
An dem ich so gern daheim bleiben wollte.
Aber ich hatte keine Kraft mehr,
Um noch dort zu bleiben,
Und meiner Frau noch
In die Augen schauen zu müssen.

Im Nachhinein frage ich mich selbst,
Warum habe ich
Alles so leicht aufgegeben?
Ich hätte meine Meinung sagen sollen.
Vielleicht war es doch besser zu schweigen,
Um eine Diskussion
Am Sonntag zu vermeiden.

Die Tage und die Wochen vergingen.
Ich konnte einfach nicht mehr.
Es war zu viel für mich,

Den Hass meiner Frau zu ertragen.
Dieser giftige Blick von Jahr zu Jahr
Hat mich immer wieder zerrissen.
Es war besser so,
An dem Sonntag einfach wegzugehen.
Als Vater und Ehemann war ich
Sowieso schon lange nicht mehr
Bei der Familie gewesen.
Im Haus mit ihnen
War ich sozusagen
Zu meinem eigenen Schatten geworden.

Und damals, an dem Sonntag,
Allein bei mir im Büro,
Konnte ich gar nichts mehr machen.
Ich schaute meine ganzen Papiere an,
Blätterte alles hin und her.
Am liebsten wollte ich alles
Aus dem Fenster werfen,
Oder sogar ins Feuer tun!

Ja, an dem Sonntag
Habe ich nicht mehr arbeiten können.
Dann rief ich doch kurz zuhause an.
Irgendwie hat meine Tochter
Meine Stimme nicht erkannt.
Vielleicht weil ich fast geweint habe.
Und sie sagte automatisch am Telefon:
"Mein Papi ist nicht da,
Er muss arbeiten,
Rufen Sie im Büro an."

Sie hat im Laufe der Jahre
Sehr gut gelernt, die passende Antwort
Am Telefon zu geben.
Als ich ihre Stimme hörte,
Musste ich wie ein Kind weinen.
Sie hat Recht gehabt,
"Papi ist nicht zu Haus,
Er muss wieder arbeiten."

Ich wollte doch nicht aufgeben.
Eine Stunde später
Rief ich wieder an.
Die Kinder waren schon im Bett.
Kaum hörte meine Frau meine Stimme,
Legte sie sofort auf.
Ich konnte mit ihr gar nicht sprechen.
Warum auf einmal so eine Reaktion?
Nur wegen dem Schwimmbad?
Das konnte nicht sein.

Irgendwas war nicht in Ordnung.
Ich fragte mich entsetzt:
"Was geht in ihrem Kopf vor?"
Nach dem Abend
Konnte ich mein eigenes ICH
Nicht mehr finden.
Ich war einfach verloren.
Mein Herz war nach diesem Sturm
Wie gebrochen.
"Was sollte ich nur tun?"

Ja, was sollte ich jetzt,
Nach so vielen Jahren tun?

Ich dachte an all die Zeit,
Die wir schon zusammen waren.
Es konnte nicht wahr sein,
Dass alles jetzt zuende sein würde.
Aber das hatte sie schon lange geplant.
Viel zu spät habe ich es bemerkt.

Manchmal laufen wir blind
Durch die Welt und sehen nicht,
Was vor unserer Nase steht.
Ach, mein Gott,
Was hast du mit mir gemacht?

In der Küche am Sonntag
Da hast du mein Todesurteil ausgesprochen.
Das war der Anfang meines Untergangs.
Das war nicht nur der Anfang
Unserer Trennung,
Sondern der Anfang
Und das Martyrium in meinem Leben.

Ja, meine lieben Kinder,
Jetzt ist Papi nicht mehr bei euch.
Der ist jetzt ganz weit weg.
Ihr solltet zu eurer Mutter
Wie immer, sehr lieb sein ...
Meine Engel, vergesst nicht
Eurer Mama zu danken,
Zu danken für unser Schicksal,
Zu danken für diese Katastrophe.
Sie hat es geschafft,
Uns doch zu trennen.
Und mich hat sie geschafft.

Für immer und ewig zerrissen.
"Rache ist süß",
Das hat sie immer wieder gesagt.

Ich frage mich immer wieder warum?
Nur wegen eines vergangenen Abenteuers?
Nach 19 gemeinsamen Jahren
Hat ihr Herz woanders geschlagen.
Eine alte Liebe hat sie wiedergefunden,
Und uns für immer zerschlagen.

Jemand, den sie nicht vergessen konnte,
Kam wieder in ihr Leben
Zerstörte zugleich unsere Familie,
Meine Zukunft und meinen Frieden.
Es war eine große Liebe,
Sagte sie ganz kalt zu mir,
Die sie niemals vergessen konnte.
War es wirklich so?
Oder hat sie sich das nur eingebildet?
Wie konnte das passieren?
Alte Liebe rostet nicht,
Aber kann auch eine Tragödie werden,
Wenn nach 20 Jahren
Alles den Bach runtergeht,
Nur wegen einem,
Der sich wieder gemeldet hat.

Nun habe ich schon damals gesagt:
"Was Gott zusammengeführt hat
Und was der Teufel getrennt hat,
Kann keinen Frieden geben.
Es wird auch von Gott

Keine Segnung bekommen.
Das wissen wir schon jetzt im Voraus.
Das wird sich eben zeigen.
Und so sage ich dir noch einmal,
Und du kannst es jetzt schon schreiben:
Was Gott zusammengeführt hat
Und der Teufel getrennt hat,
Wird sich mit der Zeit sicher
Wie durch Zauberei
In Enttäuschung und Hass verwandeln."
Das sage ich dir.

Meteoriten des Lebens

Meine Reise mit dir,
Durch dieses Leben,
War wie eine kosmonautische Fahrt.
Sozusagen ein Rapid-Abenteuer
Zwischen Mond und Sternen.
Wir wussten damals nicht wohin.
Die Liebe hat uns hin und her getrieben,
Du hast von mir nichts erwartet,
Aber trotzdem wollte ich dir so vieles geben.

Unsere Liebesreise war einfach viel zu kurz,
Sie war nicht lang genug,
Um dir so viel Liebe zu schenken
Wie ich mir vorgenommen hatte.
Auch wenn ich dir
Alles gegeben hätte,
Wäre es noch viel zu wenig gewesen.
Meiner Ansicht nach
Hätte es wesentlich mehr sein müssen,
Du hast wesentlich mehr verdient.

Oft bedachte ich dich damals
Mit so vielen Blumen,
Aber mit der Zeit wolltest du
Nur die Farbe des Geldes sehen,
Und nicht die Farbe Lila
Von einer Rose,
Oder die grüne Farbe einer Wiese.

Für deinen Durst brachte ich dir heiliges Wasser.
Nun, für dich war das nicht gut genug.

Ich habe mich vollkommen hingegeben,
Das reichte dir auch nicht,
Alles war immer viel zu wenig,
Um deine materielle Gier zu sättigen.

Meine Reise mit dir, auf dieser Welt,
Ja, unsere Reise durch das Leben,
War so wie ein Meteorit,
Der schnell den Himmel durchkreuzt
Und keine Spur von sich hinterlässt.
Er hinterlässt nur eine Idee davon,
Was dieses Licht sein könnte.

In einer Beziehung, wie unsere war,
Wird einer immer und ewig
Allein bleiben müssen,
Um die Dunkelheit des Himmels
Voller Schmerzen zu bestaunen.
Unsere Liebe war nur ein schneller Glanz,
Wie ein Meteorit, der es eilig hat
Und nicht lange warten kann.
Der kreuzt den Himmel
Und geht weg, so schnell er kann.
Ja, genauso war unsere Liebe,
So habe ich sie mir nicht gedacht.

Ich habe alles von mir gegeben,
Du wolltest mehr und mehr,
Das Beste war für dich
Mit der Zeit einfach nicht gut genug.
Jetzt kann ich nur sagen:
"Leb wohl mein Kind."

In meinem kosmischen Himmel
Wirst du immer bleiben,
Wirst bleiben genau
Wie die Erinnerung
An einen Zauber-Meteoriten,
Mit seinen Tausend Farben.
Leb wohl mein Kind ...
Du bleibst für immer mein Stern,
Für immer und ewig.

Du warst meine Sonne,
Mein Mond,
Du warst mein Universum,
Denn trotz allem habe ich dich
Unendlich geliebt.
Leb wohl mein Kind,
Leb wohl mein Kind.

Morgenstunden

Dieser neue Tag, der jetzt anfängt,
Bringt neue Stunden und viel Freude mit.
Da, ganz weit entfernt,
Sehe ich viele verstreute Farben am Horizont.
Ich sehe auch viele Gründe,
Um glücklich zu sein.

Wenn der Abend mit seinen letzten Stunden,
Wie ein Held gegen die Nacht kämpft,
Breitet sich auf der anderen Seite der Erde
Schon die Sonne aus,
Um an den Horizont zu kommen
Und ruft die Menschen zum Aufstehen.

Am frühen Morgen, müde und ungeduldig,
Verabschieden sich schnell die Sterne.
Sie wissen ganz genau,
Dass das Morgenlicht nicht gern wartet.
Die Sonne nimmt, wie eine Dame,
Ihren Platz am Himmel ein.

Lass uns diesen neuen Tag feiern.
Lass uns die Sonnenstrahlen genießen.
Heute fängt ein neuer Tag an,
Den Tag danach
Wird Gott uns schon bringen.

Die Morgenstunden
Bringen Farbe und Hoffnung.
Die Morgenstunde
Ist wie das Wasser für das Leben.

Die Morgenstunde
Hat Silber und Gold im Mund.

Nimm dir deine Zeit,
Um glücklich zu sein
Und voller Hoffnung zu leben.
Die Stunden des Morgens
Gehören niemand anderem,
Sondern nur dir.
Verschenk nicht diese herrliche Zeit,
Die kommt nie mehr zurück.
Was wir heute versäumt haben
Wird morgen nicht mehr wiederkommen.

Dieser neue Tag, der jetzt anfängt,
Ist wie ein Geschenk vom Himmel.
Lass Gott mit uns zusammen feiern,
Damit wir immer zusammen
In Frieden leben.
Denn, wie wir wissen ...,
Unsere Tage sind gezählt.
AMEN

Romeo & Julia

Romeo:
"Der Tag ist fern,
Bleib bitte noch hier,
Es war nicht der Briefträger,
Sondern nur die Müllabfuhr."

Romeo versucht romantisch zu sein,
Aber Julia muss doch gehen.

"Schau, Julia, die Sterne
Glänzen und lachen über uns,
Lass deine Kleider doch in der Ecke liegen,
Denk bitte nicht daran wegzugehen.
Und denk auch nicht an die sieben Zwerge,
Die dich suchen und nicht finden.
Bleib bei mir Julia, geh jetzt nicht."

Julia:
"Nein Romeo, ich muss doch gehen,
Heute schreiben wir Mathe,
Ich kann meinen Lehrer nicht im Stich lassen,
Das ABI steht vor der Tür,
Ich muss doch weg.
Verdammt, wo ist mein Haargummi?
Der Bus wartet nicht
Und der liebe König, mein Vater,
Der wird dich noch aufhängen lassen."

Romeo:
"Ach ... wozu Mathe, wozu Physik?
Jetzt zählt nur das Leben und unsere Liebe.
Du wirst sowieso sitzen bleiben.
Eine Eins in Mathe hast du nie geschafft."

Julia:
"Es mag sein, Romeo,
Aber ich brauche ein ABI zum Studieren,
Ich brauche doch gute Noten.
Das Königreich,
Mein lieber Vater, ist pleite
Und ich habe keine Lust später
An der Kasse von Aldi oder Lidl
Den ganzen Tag arbeiten zu müssen.
Bye, bye, mein Lieber, bye, bye.
Die Schule wartet auf mich."

Romeo:
"Nein, Julia, lass mich nicht hier alleine.
Mach die Tür zu, schlafen wir weiter.
Die Nacht ist noch fern,
Kein Mensch weiß, wo du bist,
Der König sowieso nicht,
Der säuft nur und schläft
Jeden Tag woanders, sogar bis zwölf ."

Julia:
"Sag das nicht, Romeo.
Meine Eltern wissen schon
Über uns Bescheid.
Mein Vater will mit dir sprechen,
Er droht dir sogar mit der Hochzeit."

Romeo:
"Oh Julia, dich heirate ich sofort,
Bleib doch heute hier bei mir.
Lass die Vögel tanzen und singen.
Was soll das?
Mathe, Physik, so ein Quatsch!
Bleib lieber hier bei mir!"

Julia:
"Ja, Romeo, schau,
Dieser wunderschöne Himmel.
Aber wer soll unsere Kinder versorgen,
Du bestimmt nicht,
Du bist nur ein Penner,
Kein Geld und keine Versicherung
Und auch kein Königsreich.
Wegen dir, mein Lieber,
Darf ich doch nicht
Mein ABI versäumen."

Romeo:
"Oh Julia, schau doch diesen Mond,
Schau diese dunkle Nacht.
Wir sollten uns heute Tausendmal lieben.
Und Tausendmal sterben."

Julia :
"Sterben? Das darfst du allein,
Dafür brauchst du mich nicht,
Ich muss doch gehen, Romeo.
Die Nacht war schon sehr anstrengend.
Ich kann kaum noch laufen,
Männer haben es gut.

Aber die Frauen müssen alles ertragen,
So ein großes Ding wie deins
Reicht für drei Frauen in einer Nacht".

Romeo:
"Julia, wenn du weggehst
Dann möchte ich sterben
Scheißegal, wegen meinem Pferd,
Meiner Skate-Sammlung,
Meinem Taschengeld,
Ohne dich bin ich doch kein Prinz mehr,
Sondern nur ein nutzloser Zwerg."

Julia:
"Sag das nicht Romeo,
Du bist ein großer Ritter,
Du solltest deine Schule weitermachen,
Ohne die Ausbildung
Landest du bestimmt noch bei der Müllabfuhr,
Oder an der Kasse vom Bauhaus."

Romeo:
"Julia, du bist mein Leben,
Was nützt es mir
Irgendwann ein König zu sein,
Wenn du nie Zeit für mich hast,
Dein Mathe geht vor,
Aber auf mich hast du nie Bock."

Julia:
"Lass mich gehen, Romeo,
Die Schule geht doch vor,
Ich muss vorher kurz nachhause,

Ich habe meine OBs vergessen,
Und heute kommen noch meine Tage.
Ade, mein Lieber, leb wohl, leb wohl."

Romeo:
"Nein Julia, bleib doch hier
Schau, da kommt der Bäcker,
Bleib doch zum Frühstück
Sonst werde ich mich
Von meinen Soldaten
Umbringen lassen."

Julia:
"Ach ..., deine Soldaten,
Die können nur saufen
Und keinen umbringen.
Tu das nicht, Romeo.
Tu das bitte nicht, mein Liebster.
Wenn du das tust,
Wird sich meine Mutter, die Königin
Und deine künftige Schwiegermutter
Sehr freuen.
So einen Penner als Schwiegersohn
Will keiner haben.
Ich weiß, dass meine Mutter
Dich nicht ertragen kann.
Lass die Finger davon dich umzubringen,
Das bringt nur Ärger.
Und wer soll schon
Deine Beerdigung bezahlen?
Mcin Taschengeld reicht nicht dafür aus
Und mein Vater hat auch kein Geld mehr."

Romeo:
"Julia, jemand klopft an die Tür
Und wir sind hier ganz nackt.
Wer könnte es zu dieser Uhrzeit sein?
Vielleicht das Finanzamt,
Oder der Gerichtsvollzieher?
Erkennst du die Stimme?"

Julia:
"Ja, Romeo, das ist mein Vater.
Der klingt sehr böse,
Jetzt wird er uns umbringen.
Geh lieber nicht zur Tür.
Ich versuche schnell wegzugehen,
Aber vorher muss ich noch pinkeln."

Romeo:
"Nein, Julia, ich habe doch Angst.
Dein Vater bringt mich um.
Bleib doch bei mir hier im Bett.
Sag bitte er soll weg gehen,
Sag, ich habe Ebola bekommen
Und du bist meine Krankenschwester."

Der König:
"Mach die Tür auf, mach die Tür auf,"
So schreit eine männliche Stimme vor der Tür.
"Julia, ich weiß du bist da drin.
Ich bringe diesen Bastard um,
Seinen Pimmel werde ich abschneiden
Und den Geiern zuwerfen.
Diesen Taugenichts bringe ich noch um.

Aufmachen, aufmachen, aufmachen",
Schreit wütend der König.

Romeo:
"Julia, Julia, was machen wir jetzt?
Es sind sogar zwei Männer da draußen,
Ich mache mir gleich in die Hose.
Ich habe so eine Angst,
Ich bin noch zu jung zum Sterben
Und ich kann kein Blut sehen.
Bitte schick die Männer weg,
Ich bin zu jung zum Sterben."

Julia:
"Mach dir keine Sorgen, Romeo,
Ich habe genug Gift für uns beide.
Wir können zusammen sterben.
Unsere Liebe wird für immer bleiben,
Du kannst zuerst trinken,
Ich schau ganz genau, wie du stirbst,
Dann mache ich es dir nach."

Romeo:
"Nein Julia, alles, aber das nicht.
Bald kommt die Fußball-WM.
Du sollst allein sterben,
Ich will noch nicht weggehen.
Wer wird Weltmeister?
Nein, das darf ich nicht verpassen.
Stirb heute bitte allein,
Ich komme nach,
Sobald die WM vorbei ist."

Julia:
"Für mich ist klar, dass du mich nicht liebst.
So einen Schwachkopf heirate ich nicht.
Leb wohl, mein lieber Romeo.
Ich werde mein Redbull allein trinken.
Du solltest mich für immer vergessen.
Schau das Bett an,
Du hast vorAngst alles nass gemacht.
So einen Prinz will keiner haben.
Mir ist der John Travolta lieber,
Oder der Putin aus Russland,
Aber so ein Prinz wie du ...,
So ein Prinz, ohne ein gescheites Schloss,
Ohne ein schönes weißes Pferd,
Nein danke, such bitte eine andere."

Romeo:
"Tu das nicht, Julia, denk an unsere Kinder
Und denk an dein ABI,
Bald ist schon alles vorbei,
Bald bist du fertig mit deiner Schule,
Dann kannst du studieren
Und danach arbeitslos werden,
Und so werden wir
Viel Zeit für uns haben.
Viel Zeit zum Leben
Und Zeit zum Träumen."

Der König:
An der Tür klopft weiterhin der Vater.
Er ist böse und betrunken wie noch nie.
"Mach die Tür auf, mach die Tür auf ...
Ich bringe diesen Bastard um."

Le grand finale

Julia trinkt verzweifelt ihren letzten Red Bull.
Dann steht sie auf, dreht die Musik sehr laut.
Sie geht zum Fenster und springt runter.
Es gab kein Zyankali,
Das wäre zu teuer gewesen.
Sie schafft es sich allein umzubringen.
Der Mathelehrer hat ihr dafür eine Sechs gegeben
Und das ABI hat sie doch versaut!

So endet das Leben von zwei Abiturienten.
Romeo wird kastriert,
Julia bekommt bei Petrus
Einen Platz bei der Stadtverwaltung
Und singt bei den Engeln das Lied
"Wer soll das bezahlen?"
Also, die Liebe hat doch nicht gesiegt.

Nimmersatt

Alles was ein Mensch besitzt
Will er auch behalten.
Wenn möglich noch mehr.
Um mehr zu schaffen

Sind wir wie die Hamster,
Die alles in den Mund stecken.
Wir sind das sogenannte Tier
"Nimmersatt."

Die materiellen Dinge des Lebens
Nehmen bei uns zuviel Platz ein.
Von vielen Sachen, die wir brauchen,
Wird unser Herz immer kleiner und kleiner,
Es bleibt fast kein Platz mehr für das Gefühl
Und auch fast keine Zeit für die anderen.

An Weihnachten, wie schon bekannt,
Trifft man sich und feiert,
Vielleicht werden auch
Wichtige Entscheidungen getroffen,

Wie zum Beispiel,
Ein neues Haus zu kaufen.
Oder man entschließt sich sogar
Endlich mal die Scheidung einzureichen.
Das kommt an Weihnachten
Auch sehr oft vor!
Siebzig Prozent der Ehescheidungen
Werden überwiegend
Zur Weihnachtszeit beschlossen.

Man hat so viel Stress um die Ohren,
Einkaufen, kochen, putzen.
Und das nennt sich Ferienzeit!!
Aber wohin auch mit so viel Freizeit,
Die Familie muss unterhalten werden,
So ist der Familienkrieg
Mit Sicherheit vorprogrammiert.
Da krachen die Raketen,
Da kracht das Feuerwerk,
Die Nerven brechen auch
Sehr oft zusammen.
Und keiner merkt etwas davon.

Stille Nacht, heilige Nacht,
Die Menschen wissen nicht mehr
Wofür alles gedacht ist.
Ein Fest für Jesus, für Horten,
Für Vodaphone oder für Karstadt?

Mein Gott, warum so vieles kaufen?
Warum so viele Geschenke?
Warum so viel Stress?
Stille Nacht ...
Heilige Nacht ...
Stille Nacht, das wünsche ich mir,
Aber es ist schwer zu erreichen.
Am Christabend
Denkt jeder nur an sich.

Bitte, ich brauche
Überhaupt keine Geschenke.
Auch nicht mit buntem Weihnachtspapier,

Gebt mir nur meine Ruhe, sonst nichts.
Stille Nacht ..., heilige Nacht ....

Bitte auch keine Kirchenglocken,
Die uns verrückt machen.
Nur etwas mehr Ruhe wird heute gewünscht.
Gute Nacht ..., stille Nacht ...
Heilige Nacht ..., heiliges Sakrament.
Wer ist der Weihnachtsmann?
Schallte bitte die Glocken ab,
Ich will bloß schlafen ... gute Nacht!

Nostradamus

Der frische Morgen der Liebe
Ist in sein Herz eingedrungen,
So sprachen seine Freunde über ihn,
Als er seine junge und hübsche Frau
Eines Morgens traf.
Nostradamus war verliebt,
In jeder Bewegung ihrer Körper
Entdeckte er den Duft der Rose,
Den Duft der großen Liebe.

Johannes sagte:
"Am Anfang war das Wort
Und das Wort war Gott."

Nostradamus wusste genau,
Wie man Profit aus allem zieht,
Alles was er anfasste,
So wird über ihn gesagt,
Ist sofort in Gold verwandelt worden.
Sein Leben war gekennzeichnet
Durch Reichtum und Erfolg

Alle haben großes Vertrauen
Zu ihm gehabt,
Sogar heute noch
Wird der Prophet bewundert.
Seine Anhänger schwören darauf,
Dass er ein wahrer Meister war,
Er war einer der Größten aller Zeiten.

Wegen seiner Prophezeihungen
Wollten Könige und Prinzessinnen
Den Meister bei sich haben.
Alle wollten genau wissen,
Was der Morgen bringt.
Und vieles, was er damals sagte,
Hat sich bewahrheitet.
Vom Tod kann sich sowieso
Keiner befreien,
Das war Nostradamus klar.

Der Prophet war schon ein Künstler.
Mit Worten konnte er spielen,
Ein begnadeter Erzähler,
Seine Voraussagen oder Phantasien
Entflammten die Menschen weltweit.

Nicht nur von Brot lebt der Mensch,
Man braucht ein bisschen mehr,
Um etwas satt zu sein ...
Nostradamus hat vieles gesagt,
Auch die Liebe hat ihn erwischt.
Ja die Liebe hat
In hohem Alter sein Herz erobert.

Ihm blieb der Tod auch nicht erspart.
Egal wieviel man schreibt oder sagt,
Der Tod kommt und besiegt uns alle
Gebt acht:
Der Tod kann weder lesen noch schreiben.
Der Henker kommt eines Tages vorbei,
Dann ist Schluss, niente ...
Punkt, basta! Es war einmal!

Auch Nostradamus
Konnte nicht wirklich etwas ändern.
Schluss, punkt, basta,
Der Tod kommt
Und man hat endlich Ruhe.
Egal was der alte Meister
Nostradamus gesagt hat,
Wenn das Ende kommt -
Feierabend, es war einmal!

Perfektion

"Ich weiß, ich habe Fehler gemacht,
Ich weiß, ich habe Mist gebaut",
Sagt der Mann zu seiner Frau.
Ich habe von weitem
Alles mitbekommen
Und dachte nur:
"Das ist ein armes Schwein ...".

"Ich weiß", sagt der Mann weiter.
"Es lief nicht alles glatt bei mir
Und du hast trotzdem
Noch so viele Jahre zu mir gehalten",
Der Mann sagte viel Blödsinn und weinte.

"Klar, niemand ist perfekt,
Ich habe so viele Fehler im Leben gemacht,
Keine außer dir wird es ertragen können",
Sagte der Mann schluchzend zu seiner Frau.

"Zum Glück trinke ich nicht mehr,
Sogar von Zigaretten
Habe ich Abstand genommen.
Bitte bleib bei mir,
Sonst weiß ich nicht mehr weiter.
Ich könnte mich sogar umbringen."

Der Mann gab nicht auf
Und führte seine Klagerei fort.
"Schau, ich verspreche dir.
Ich komme jetzt jeden Tag
Früher nach Haus,

Sogar die Zeit mit meiner Sauferei
Ist endlich vorbei,
Glaub mir bitte, Schatz."

Die Frau verspottete den Mann.
Viele Freundinnen von ihr
Waren in dem Moment da
Und lachten über diesen Clown,
Aber der gab nicht auf.

"Weißt du, ich würde sogar
Jeden Sonntag mit dir in die Kirche gehen,
Ich werde niemals
Wieder über die Kirche
Und den Pfarrer schimpfen.
Bitte, lass mich nicht alleine."

Der Mann ging sogar noch weiter.
"Wenn du willst
Wasche ich heute alle Wäsche für dich,
Ich werde sogar
Das Bad, das Klo und die Küche putzen,
Ist das gut so?"
Mehr Erniedrigung konnte nicht sein.

"Schatz, lass uns versöhnen,
Ich werde noch dein toller Ehemann sein.
Kannst du mir bitte verzeihen?
Ich werde mich ab heute
Mit Sicherheit bessern.
Bitte gib mir noch eine Chance."

Die Frau schaute den Mann kritisch an,
Sie sagte kurz, knallhart und klar:
"Jetzt kannst du gehen, da ist die Tür ...,
Mensch, du bist so langweilig geworden,
Komm, hau ab. Zieh Leine ...,
So was kann ich doch nicht gebrauchen.
Hier ist mein Haus und kein Kloster.
Hau ab, zieh Leine, auf Wiedersehen.
So ein Schwein wie dich
Kann ich nicht mehr brauchen.
Egal, ob du in die Kirche gehst.
Egal, ob du nicht mehr trinkst,
Egal, ob du mich liebst,
Egal, ob du putzen kannst,
Das brauche ich alles nicht mehr.

Deine Zeit in meinem Leben ist vorbei.
Da ist die Tür,
Mach, dass du wegkommst.
Deine Zeit ist schon abgelaufen.
Such eine andere,
Um die Küche zu putzen.
Ich brauche einen Mann
Und nicht eine Putzfrau."

Ein Jahr später traf ich die beiden.
Auf einmal da oben
Auf der Autobahn bei Siegen
Da waren sie wieder
Ganz glücklich zusammen.
Und mir schien es so,
Als wenn sie wieder
In einander verliebt wären.

In dem Augenblick dachte ich mir,
Der Ehemann ist doch am Ball geblieben
Und hat nicht aufgegeben.
Ja, Frauen sind unberechenbar.
Es war damals
Nur eine Explosion.
Und es scheint so,
Als habe es etwas gebracht.
Der Mann ist treu geworden
Und die Frau kommandiert
Seitdem energisch das Haus.

Das war schon ein großer Knall,
So wie vor Millionen von Jahren
In unserem unendlichen Universum.
Bei denen könnte man auch sagen,
Es war schon ein Urknall,
Der die beiden
Wieder verschmolzen
Und für immer verbunden hat.
Ja, liebe Freunde ...,
Es scheint so,
Als wenn manchmal auch ein Urknall
Im Eheleben sein muss.

Positiv denken

Es ist besser Licht anzuschalten
Anstatt auf den Boden zu pinkeln.
Es ist besser jemanden zu loben
Anstatt ihn zu vernichten.

Positiv denken
Ist schon lange modern, ist schon lange in.
Aber das Volk klagt weiter und weiter.
In den Büchern ist schon
Jede Menge über dieses Thema
Geschrieben worden,
Viele haben es schon gelesen,
Aber die meisten
Können es noch nicht begreifen,
Geschweige denn befolgen.

"Wegen verschütteter Milch
Sollte man nicht weinen,"
Das sagte schon Dale Carnegie
In "Sorge dich nicht, lebe!"

Ja, es ist schon klar
Darüber, wissen wir Bescheid.
Es fällt nur schwer daran zu glauben.

Vor über Hundert Jahren
Sagte ein Politiker:
„Viele Menschen sind so glücklich,
Wie sie sein wollen,"
Wisst ihr wer das war?
Das war Abraham Lincoln.

Im Leben genau wie im Tod
Klappt alles bestens,
Ach, wenn wir nur vergessen könnten,
Dass morgen alles anders sein muss,
Dann wäre vielleicht
Alles so schön, wie es früher war!
Denk positiv,
Damit du positive Gedanken
Empfangen kannst.

Jag doch nicht den Wind,
Den erreichst du nicht.
Schwache Beine fangen nicht einmal
Ein faules Stinktier.

Lebe nicht an den kommenden Tagen,
Über das, was noch im Leben kommt,
Wissen wir überhaupt viel zu wenig.
Lebe im Jetzt und sofort.
Wie Buddha schon gesagt hat:
"Greif nach der realen Zeit,
Nur die gehört wirklich dir."

In den Büchern stehen soviele
Theorien, Wahrheiten und Philosophien.
Es ist schön, dass wir alles lesen dürfen,
Um es gleich vergessen zu können.
Glück ist ein momentaner Zustand,
Wir sollten denken
Und handeln voller Heiterkeit.
Nur so empfinden wir das wahre Leben.
Sage heute Folgendes zu dir:

Heute möchte ich glücklich sein,
Heute werde ich die Dinge,
Wie zum Beispiel
Den Alltag und alles was kommt
Nicht gegen meinen Willen tun.

Sage heute zu dir,
Klar, laut und deutlich:
Ich werde jemandem heute
Einen Gefallen erweisen,
Ich werde unendlich lachen
Und meine Liebe werde ich
All meinen Mitmenschen
Einfach mit Hingabe schenken.

Sage heute zu dir ganz laut und deutlich:
Ich werde meinen Kummer,
Ich werde meine Angst,
Ich werde meine Resignation,
Ich werde meine Frustration,
Für immer und ewig einfach vergessen.

Sage heute zu dir klar und deutlich:
Ab heute werde ich glücklich sein!
Ab heute werde ich glücklich sein!
Ab heute werde ich glücklich sein!

Und wenn du daran glaubst,
Dann wird es so sein!!!

Satcitananda

Ewig-Frieden-Freude
Aus dem Sanskrit

In den vedischen Schriften
Werden verschieden Themen behandelt.
Schon Jesus hatte diese in den Händen.
Ein Meister fällt nicht von Himmel!
Auch Jesus hat fleißig lernen müssen.
Wir sind ewige Schüler und Pilger.

Wenn wir mit Liebe und Hingabe
Anderen Menschen einen Teil
Von uns schenken,
Sieht Gott sich das sehr gern an.
Manchmal, wenn wir an Gott denken,
Empfinden wir es vielleicht so,
Dass wir seine Gestalten sind
Und dass er unsere Gestaltung ist.

Die Suche nach Gott,
Ist das reine Spekulation?
Suchst du Gott in deinem Inneren?
Suchst du Gott in deiner Wesensart?
Vergleichst du dich mit Gott?
Du kannst dir tausend Fragen stellen,
Den Sinn Gottes können wir überall finden.

Sei so ein guter Mensch
Wie du sein kannst.
Das ist schon ein guter Anfang.
Du musst, kannst und darfst
So sein wie unser allmächtiger Gott.

Gott ist "IN" allem und Gott ist alles.
Der Weg zu Gott ist die Liebe und Hingabe.
Gott ist nicht genau wie du oder wie ich,
Dennoch sind wir seine Spiegelbilder.

Unserem Nächsten sollten wir
Unser Bestes geben.
Nur so kann man
Den wahren Gott finden.
Er ist schon bei uns,
Er bewohnt schon unser Herz.
Aber das geschieht nur,
Wenn wir es wollen,
Sonst bleibt er nicht lange
Und geht gleich wieder fort.

Gott ist nicht wie du oder wie ich,
Dennoch ist er das Ende und der Anfang.
Gott ist "IN" allem
Und Gott ist alles
"Satcitananda"

Schnee im Dezember

"Mama, Mama, schau ... Mama,
Jemand hat da draußen
Die Natur mit Milch überschüttet,
Jetzt kann der Weihnachtsmann
Endlich kommen,"
Sagt fröhlich mein Sohn.

Alles war weiß,
Mit frischem Schnee bedeckt.
Es war doch sehr kalt,
Ich saß am Fenster und schrieb,
Das Kind unserer Nachbarn
Wollte schon wegrennen.
Was für eine Freude,
Wenn sich am frühen Morgen
Die Welt so ganz in Weiß zeigt.

Es ist schon lange her,
Meine Kinder wollten auch
Gern im Schnee spielen.
"Hol unseren Schlitten, Papi,
Komm gehen wir Schlittenfahren."
Sowas klingt immer noch
Deutlich in meinen Ohren.

Im Dezember war mit der Kälte
Gar nicht zu spaßen,
Aber trotzdem trug ich
Auch im kalten Winter
Nur Sandalen an den Füßen.
Ich brauchte damals

Überhaupt keine Schuhe.
Für die Kinder war das geil
Und die sagten immer wieder:
"Der Papa friert nie,
Der ist wie aus Stein gemacht."

Ich war schon fast ein Held,
"Papi, frierst du nicht"?,
Fragten meine Kinder
Immer wieder.
Und ein bisschen besorgt
Sagte meine Ehefrau verärgert:
"Mein Mann spinnt langsam,
Bei dieser Kälte so zu laufen."

Ja, da draußen hat jemand
Die Natur mit Milch überschüttet.
Alles ist weiß geworden,
Erde und Himmel
Sind in der gleichen Farbe.
Aber nun, nach längerer Zeit.
Ist der Schnee geschmolzen.
Und meine Kinder, wo sind sie jetzt?
Die spielen woanders,
Vielleicht sogar am Strand.
Sie genießen die Sonne
Unter einem blauen Himmel,
Dort, ganz weit weg, über dem Ozean.

Hier zeigt sich der Himmel nur grau,
Mir ist klar,
Ich muss weiterhin hier bleiben.
Auch wenn der Schnee

So schön sein kann,
Ohne meine Kinder
Hat alles keinen Sinn mehr.
Besser wäre es meinem Leben
Ein Ende zu setzen.

Ich bin nur ein müder Weihnachtsmann,
Der voller Kummer ist,
Der immer noch
In einem vergangenen Winter lebt,
Ein Sankt Nikolaus,
Der alles verloren hat,
Alles verloren, was zu verlieren war,
Ein resignierter Nikolaus geworden.

Ein Nikolaus ohne rote Mütze
Der seinen Schlitten verloren hat,
Der Vieles nicht mehr findet,
Der sogar seine Kinder verloren hat,
Der seine Liebe weggegeben hat.
Also, es ist nichts mehr da.
Dieser frustrierte Nikolaus
Hat wirklich alles im Leben verloren.

Weihnachtsmann,
Schieb bitte den Schnee weg,
Ich möchte den gar nicht mehr sehen.
Alles hat keinen Sinn mehr,
Was früher so schön war
Ist heute nur eine Last
In meiner kurzen Existenz geworden.

Komm, schieb den Schnee weg,
Bedeck bitte alles
Anstatt mit weißer Farbe
Mit roter Farbe,
Von meinem eigenen Blut.
Und mit der grauen Farbe
Von meiner tiefsten Trauer.

Ich möchte das nicht mehr sehen,
Dabei könnte der Schnee so schön sein.
Aber mein Gott, ohne meine Kinder,
Ohne meinen Hund, ohne meine Frau,
Fühle ich mich wie das Meer ohne Wasser,
Wie die Berge ohne Wolken.
Ich fühle mich einfach leer.

Jetzt im Winter,
Nicht mal dieses weiße Spektakel
Wie der Schnee ist ein Wunder für mich.
Und mit dem Winter
Kommt immer wieder die Kälte,
Die mir noch mehr Kummer bereitet.
Nichts bereitet mir jetzt mehr Freude.
Es ist nichts mehr wie es früher war,
Alles hat seinen Sinn verloren.

Komm, Nikolaus, schieb alles weg,
Bring den Schnee zurück,
Bewahre ihn für den Tag,
Bis meine Kinder
Wieder hier herkommen.

Komm, bring diesen Schnee weg,
Ich möchte den nicht mehr sehen.
Das macht mich nur krank und verrückt.
Ich möchte das nicht spüren,
Meine Seele ist leer.
Ich bin so schwach und kalt geworden,
Genau wie eine Schneeflocke.

Mein Leben hat keine Farbe mehr,
Alles hat sich grau verfärbt,
So, wie der Himmel im Winter.
Das Haus ist leer und traurig.
Kein Schlitten, kein Weihnachtsbaum,
Keine Kinderlieder,
Kein Weihnachtsbaum zu sehen.

Bring den Schnee bitte weg,
Den möchte ich jetzt nicht sehen.
Mein Leben ist so leer geworden,
So leer wie ein weißes Blatt,
So leer wie meine Seele.
So leer wie der Himmel
In einer dunklen Nacht,
Ohne Mond, ohne Sterne,
Ohne Hoffnung!

Träume erwecken das Leben

Oft suchen wir einen Platz an der Sonne
Meister Eckhart sagt:
"Nimm dich selber wahr
Und wo du dich findest,
Da lass von dir ab.
Das ist das Allerbeste".
Sozusagen
Hör auf mit deiner ewigen Suche,
Bevor du es merkst,
Bist du schon angekommen.

Haben wir unseren Traum durchschaut,
Können wir überzeugt sein,
Dass der Traum schöner war
Als die Wirklichkeit.
Wie oft hören wir,
Das war ein Traumhaus,
Das war eine Traumfrau,
Das war eine Traumreise,
Das war ein Traummann,
Das war, es war, das war ...
Mehr ist es nicht geworden.

Es sind so viele Dinge
Von denen wir träumen
Dürfen und können.
Ich weiß nicht, was besser ist,
Weiter wach bleiben und träumen,
Oder nie einschlafen,
Um nicht träumen zu müssen.

Wenn ich mir über so viele Pläne
In meinem Leben
Gedanken machen würde,
Dann müsste ich
Ganz genau nachdenken
Über die sinngemäßen Worte
Von Angelus Silesius:
"Die Welt hält dich nicht fest,
Du selber bist die Welt, die dich in dir,
Mit dir, so stark gefangen hält."

Wir dürfen träumen,
Aber ernten
Werden wir nur die Früchte
Unserer harten Arbeit.

Sei sicher und überzeugt
Von der Philosophie
Die Yamada MuMon uns lehrte:
„Ziele nicht mit dem Bogen
Eines anderen,
Kümmere dich nicht
Um die Sachen eines anderen,
Sei deinen Träumen treu,
Vergiss nicht sie zu träumen."

Wach auf für das Leben.
Aber sanft und langsam,
Um deine Träume
Nicht zu zerstören.

Unendliche Zeilen

Oh ..., so viele Gedichte
Strömen aus meinem Herzen,
Ich schreibe fast Tag und Nacht,
Manchmal können meine Hände
Und meine Finger
Fast nicht mehr meinen Gedanken folgen.

Mein Geistführer verlangt nach Papier
Und diktiert weiter und weiter.
Ich kann doch nicht NEIN zu ihm sagen.
Es geht manchmal über meine Grenzen,
Es geht oft über meine Kraft,
Aber ich schreibe, schreibe und schreibe,
Keiner kann mich mehr aufhalten!

Das ganze Leben
Und das ganze Papier der Welt
Wäre doch viel zu wenig,
Um alles zu schreiben, was ich fühle.
Ich habe noch soviel zu sagen.
Zu kurz ist das Leben
Um alles zu schreiben
Was das Herz diktiert
Und die Seele verlangt.

Egal, ob über den Sternen,
Egal, ob über dem Wind,
Mir fällt immer etwas ein,
Selbstverständlich Themen
Wie das Leben und die Liebe.
Sie sind ein Bestandteil

Der Gedanken und der Philosophie
Eines alten Dichters und Vagabunden.
Ich weiß nicht,
Wie man mich später nennen würde,
Dafür bin ich noch zu jung
Und noch nicht tot.
Vielleicht Poet, Dichter,
Oder sogar nur Träumer.
Man könnte mich auch
Vagabund nennen.

Egal, wie die Menschen mich
Später titulieren werden,
Ich bringe jetzt alles aufs Papier,
Nichts bleibt,
Ohne dass ich darüber schreibe.

Pass auf, was du sagst.
Ich schreibe alles nieder.
Du kannst auch Geschichte werden,
Pass bloß auf mein Kind.

Der gute Ruf, die Glorie oder Anerkennung,
Berühmt und reich zu werden,
Für alles was später kommt,
Habe ich jetzt überhaupt keine Zeit.
Ich mache mir keine Gedanken darüber.
Viele bekannte und unbekannte Autoren
Sind schon unter der Erde.
Von Glorie, Reichtum und Berühmtheit
War nichts mchr zu sehen.
Sogar der Tod, trotz des Erfolgs,
Ist ihnen nicht erspart geblieben.

Wer fleißig schreibt
Und soviel kreiert wie ich,
Wie ein Engel ganz brav arbeitet,
Der macht das alles nicht für sich,
Sondern für die Zukunft,
Selbstverständlich auch für die Erben,
Die oft kein Verständnis dafür haben.
Aber wenn Geld zu sehen ist,
Dann profitieren sie gern davon.
Doch wer für die Kunst lebt,
Der darf nicht zuviel an Geld denken.
Geld macht nicht glücklich
Aber kein Geld zu haben
Kann einen unglücklich machen.
Das ist wahr ... Oder?

Vier Jahreszeiten

An einem schönen warmen Abend,
Es war in Bamberg,
Wollten wir ins Kino gehen.
Ich sagte plötzlich zärtlich zu ihr:
"Heute ist es so schön,
Es könnte noch Sommer sein."
Sie antwortete mir verärgert
Und auch sehr ungeduldig:
"Aber es ist schon Herbst und kein Sommer."

Ich wiederholte sehr geduldig und liebevoll,
"Ich weiß, das Herbst ist,
Aber es ist so warm wie im Sommer."
Sie antwortete mir rasend und ungeduldig:
"Egal wie warm es ist, jetzt ist schon Herbst."
Suchte sie nur einen Grund zum Streiten?
Ja, es war einmal in Bamberg ...
Eine schöne Stadt aber viel Ärger.

Ich konnte doch nicht begreifen,
Wie jemand so stur sein kann.
Also dachte ich nach ...,
Steinbock, Steinbock, Steinbock,
Das muss der Grund sein.

Ich versuchte doch zu erklären,
Ich sprach weiter über Herbst und Sommer,
Für sie war der Abend schon verdorben,
Dabei war das Wetter so schön.
Wir waren gerade in Bamberg
Und wollten ins Kino gehen,

Das war unser allererster Streit.
Das werde ich nie vergessen.
Wie kann man wegen so einer Bagatelle streiten?
Nach soviel Hin und Her
Mit Sommer und Herbst ...
Ging meine Geduld fast schon zuende.
Sie wollte wieder nachhause,
Ich versuchte den Abend noch zu retten,
Dann sprach ich über ihren Beruf
Und über ihre Familie,
So konnten wir noch in Frieden
Nach dem Kino ein Eis essen gehen.
Sie war wirklich nicht einfach.

Das Leben zu zweit
Kann manchmal sehr kompliziert sein.
Auch wenn man noch verliebt ist,
Das dachte ich mir.
Mein Gott, was wird noch kommen?
Ich war damals schon überzeugt,
Nur mit viel Geduld
Könnte alles mit uns weitergehen.
Ich war schon davon überzeugt,
Mit einem depressiven Menschen zu leben
Könnte die Hölle werden ...

Trotzdem verwandelte sich der Abend
In Frühlingsgefühle.
Aber mit soviel Kälte von ihrer Seite
Hätte dies ein Winterabend sein können.

So viele schöne Momente
Haben wir früher in Würzburg gehabt,
Dort nannte man sie wegen ihres Aussehens
"Die Inka Königin."
Ja, sie war damals
Schon sehr hübsch,
Aber wie wir schon genau wissen.
Äußerliche Schönheit vergeht,
Und es verging alles schnell,
Noch schneller als ich dachte.

Unsere Begegnung war in Frankfurt.
Ja, wir haben
So viele schöne Momente gehabt,
Wir haben uns so sehr geliebt.
Für uns war jeder Tag
Wie die vier Jahreszeiten.
Wir haben uns so amüsiert,
Aber sie hat gern über alles gestritten,
Wie könnte es anders sein?
Steinbock, Steinbock, Steinbock.

Wenn man jemanden so sehr liebt
Muss man vieles in Kauf nehmen:
Liebe und Hass, Hass und Liebe!
Ich habe sie im meinem Herz eingeschlossen,
Ich habe sie zu sehr verwöhnt,
Sogar viel mehr als sie verdiente.

Ja, ich habe sie geliebt,
Sogar wesentlich mehr
Als ein normaler Mensch lieben kann.
Mein Gefühl ging über die Grenzen,

Sie ist sehr schnell
Ein Teil meines Lebens geworden,
Wie mein eigenes Blut und Fleisch.
Keine Minute konnte ich damals ohne sie bleiben.

Mein Gott, unsere Zeit war so schön,
Eine wunderschöne Zeit war damals,
Wir waren Herbst, Sommer, Winter und Frühling,
Alles auf einmal. Ja, alles auf einmal.
Ich habe sie wirklich sehr gern gehabt,
Das muss ich tausendmal
Immer und immer wieder sagen.
Ja es war schon weit über der Grenze,
Die ein normaler Mensch lieben darf!
Es war mit uns schon fast anormal.
Mein Gott, unsere Zeit war so schön,
Eine wunderschöne Zeit war damals,
Wir waren Herbst, Sommer, Winter und Frühling,
Alles auf einmal. Ja, alles auf einmal.

Vielleicht hielt uns der Streit zusammen.
Wie wir schon wissen
Ist alles vergänglich.
Auch von uns ist nichts geblieben.

Voller Farbe, voller Trauer

Ich betrachte ein Bild an der Wand.
Da hängt unser lieber Jesus,
Das Bild zeigt so viel LEID,
Trotz so vieler Schmerzen und Trauer
Verleiht der Meister mir so viel Ruhe,
Sehr viel Kraft und Hoffnung.

Am See von Galiläa ging Jesus entlang,
Er rief zwei Brüdern beim Fischen zu:
"He da, folgt mir nach!
Ich werde euch
Zu Menschenfischern machen,"
Er hat recht gehabt.

Die Brüder verstanden gar nichts,
Wer wollte schon Menschenfischer werden?
Aber trotzdem verließen die Beiden alles
Und folgten Jesus, ohne zu fragen.
Er war der Meister
Und musste niemanden
Von seiner Lehre überzeugen.

Es ist schön, wenn man sich
Durch seinen Glauben
Von Herzen bekehren lässt.
Einfach so, ohne zu zögern,
Sogar ohne ganz verstanden zu haben.
Es ist schön Jesus
Ganz spontan ins Herz zu schließen.

Johannes der Täufer sagte:
"Seht, das Lamm Gottes.
Und er überzeugte uns vollkommen."
Der gute Pastor,
Lebt für sein liebes Lamm,
Und nicht von seinem Fleisch
Und auch nicht von seinem Fell.

Und so folgten die Brüder Jesus.
Nur eine Frage blieb nicht erspart:
Rabbi, wo wohnst du?
Jesus antwortete nur:
Nicht weit von hier:
Da oben bei Gott!

Von vier Uhr nachmittags bis nachts
Folgte ein langes Gespräch.
Von dem Tag an haben die Jungen
Sich von Jesus überzeugen lassen,
Das war der erwartete Messias.

Am nächsten Tag, traf Andreas Simon
Und erzählte voller Spannung:
Wir haben den Messias gefunden,
Geht zu ihm, geht zu ihm ...,
Er wartet auf euch.

Als Simon kam, sagte Jesus zu ihm,
Du bist Simon, Sohn des Johannes,
Du solltest ab jetzt Kephas heißen,
Der Junge nahm mit sehr viel Freude
Seinen neuen Namen an.

Da, vor diesem Bild von Jesus,
In dieser bescheidenen Kapelle
Fühlte ich mich in Geborgenheit,
Ich habe fast geweint,
So groß war meine Freude.

Um Jesus zu folgen
Ist es nie zu spät,
Das sagte mir schon ein guter Freund.
Selbst Johannes sagte.
"Du bis Jesus,
Du bist der ersehnte Messias,
Der Prophet aller Zeiten."

Meine Suche nach Wahrheit und Glauben
Hat an dem Tag ein Ende gefunden,
Um mich wiederzufinden
Suchte ich zuerst das Reich Gottes
Und seine Gerechtigkeit,
Dann habe ich
Alles andere bekommen können,
Was ich immer gesucht habe.
Mit den Worten von Matthäus
Habe ich mich überzeugen lassen,
"Nicht die Gesunden bedürfen des Arztes,
Sondern die Kranken".

Die letzte Stunde an dem Tag
War voller Farben und Trauer.
Ich war so glücklich,
Gleichzeitig war ich noch so traurig,
Das war, mein letzter Tag im Allgäu,
Das war, mein letzter Tag in Oberstdorf.

Wir sind doch Schauspieler

Als ich schon im Bett lag
Machte ich mir Gedanken.
Wo bist du eigentlich geblieben?
Alle waren schon da, du nicht!

Bestimmt hat deine Familienpflicht
Wie immer verhindert,
Dass du zu mir kommst.
Sonst wärst du
Mal vorbeigekommen.
Ich frage nur:
"Gab's vielleicht bei dir zuhause
Schon wieder Streit?"

Ich kann mir schon vorstellen,
Dass bei dir zuhause
An dem Abend
Bestimmt alles wunderschön war.
Alle tanzten fröhlich durch die Gegend,
Alle taten so und versuchen zu überzeugen,
Dass alles noch ganz in Ordnung wäre.
Aber ich weiß,
Dein Leben ist im Moment
Sehr durcheinander,
Fast eine Tragödie,
Sozusagen, ein einziges Chaos.

Ja, wir sind Künstler des Lebens,
Wir sind lauter Schauspieler,
Wir verschenken Glück und Hoffnung,
Alles für einen Schleuderpreis.

Wer will was kaufen?
Wer gibt mehr?

Wir saßen einmal zusammen,
Fröhlich mit Freunden,
Du warst an dem Abend sehr angespannt.
Irgendwas war bei dir
Nicht ganz in Ordnung.
Ich wusste, dass an dem Tag
Kummer, Tränen und Sorgen,
In deinem Kopf Platz genommen haben.

Ich konnte nicht genau sagen,
Was mit dir los war,
Aber kurz danach gingst du fort.
Dann riefst du mich an
Und teiltest mir mit:
Du wolltest dich von deinem Mann
Endlich trennen.
Aber ich wollte nicht
Der Grund dafür sein
Insofern sagte ich dir:
"Bitte tu das nicht!"

Nach so vielen Jahren
Wolltest du deinen Mann verlassen,
Ich konnte das nicht
Wirklich zulassen.
Mit dieser Last
Würde ich nicht leben können.
Und so hast du es dir anders überlegt.

Ich sage dir nur,
Im meinem Haus und in meinem Leben
Wird immer ein Stuhl
Für dich freibleiben.
Du bist immer willkommen.
Eine Familie ist etwas Heiliges.
Keiner darf es soweit bringen,
Dass ein Mann und ein Frau
Sich wegen eines Abenteuers trennen.

Meine Tage ohne dich sind schon
Eine sehr traurige Angelegenheit geworden,
Trotzdem sagen alle zu mir:
"Du lachst immer!
So glücklich möchte ich auch sein."
Die Lippen lachen, das Herz weint.

Ein Künstler zu sein
Ist genau wie ein Luftballon am Himmel.
Wir schmettern gegen die Berge,
Auch wenn das unser Ende sein könnte.
Wir fliegen, fliegen ... und singen dabei.
Wir Künstler haben lernen müssen,
Immer zu lachen und immer fröhlich zu sein.
Wir verschenken
Bunte Farben und Fröhlichkeit,
Wir sind genau wie der Vogel Jonathan,
Der immer versucht hat
Den Himmel mit seinem Flug zu erreichen.

Wir lachen, bis das Herz platzt.
Ja das Leben von einem Künstler
Ist nicht so einfach.
Immer lachen, immer lachen!
Die Lippen lachen,
Aber das Herz muss weinen.

Du lebst immer noch
Bei deinem Mann,
Deine Kinder sind schon groß,
Ich wäre gern bei dir geblieben,
Aber mit dieser Last
Hätte ich nicht leben können.
Es war gut so,
Und dein Mann ist bestimmt dankbar,
Deine Kinder sowieso!

Was Gott zusammengebracht hat
Darf weder ein Mensch
Noch der Teufel auseinander bringen.
Keiner hat das Recht sich
In das Glück oder Unglück
Eines anderen einzumischen.

Leb wohl, meine Liebe ...,
Leb wohl.
Bis eines Tages,
Wenn wir alt geworden sind
Und beide endlich frei.
Wie ein Vogel an unserem
Eigenen Horizont
Und in unserem eigenen Himmel.

Wenn es soweit kommt
Dann werden wir uns
Vielleicht wieder treffen.

Bis dahin wird viel Regen fallen
Und in unseren Gesichtern
Werden sich viele Falten ausbreiten.

Yogis

Er war alleine auf einem Berg
Und meditierte Tag und Nacht,
Spürte keinen Hunger und keine Kälte,
Er war ein transzendentaler Mystiker,

Ein Mensch, der sich selbst gesucht hat,
Geist, Körper und Seele
Wusste er zu beherrschen,
Durch die Meditation.
Er wollte das Königreich
Eines Tages versuchen zu erreichen.
Essen, trinken und andere Körperbefriedigung
War für ihn völlig gleichgültig
Die transzendentale Form des Daseins
Hat er schon
In seinem inneren Frieden gefunden.

Ein Mystiker,
Ein transzendental Geprägter
Kann vieles erreichen.
Dafür haben die Yogis
Die höchste Konzentration
Und die Willenskraft.
So könntest du auch sein.
Gott wohnt nicht weit weg von uns,
Gesundheit, Zufriedenheit und Ruhe,
All diese Eigenschaften
Können wir durch die Meditation
Finden und erreichen.
Fang jetzt an zu üben ...
Du schaffst es ...

Zwei gute Freunde

Ein Freund kommt zu mir und sagt:
Meine Frau liegt im Krankenhaus,
Ich antworte ganz kalt und direkt,
Meine "Ex" liegt schon über dem Meer,
Vielleicht sogar in einem anderen Bett.
"Das kann wohl sein ...,"
Antwortet er.

Am nächsten Tag erzählt er weiter:
"Meiner Frau geht es schon viel besser".
Ich bemerke nur:
Keine Ahnung wie es meiner "Ex" geht.
Mir geht es nicht besser als zuvor.

Es gingen zwei Wochen vorbei
Und er sagte dann zu mir:
"Endlich ist meine Frau wieder gesund".
Ich konnte es doch nicht fassen und sagte:
Siehst du, bald geht dein Terror
Wieder von vorn los.
Das sag ich dir jetzt schon!

Solche Familien-Novellen
Von meinem guten Freund
Und seiner Frau
Gingen nie zu Ende,
Das ging mir schon auf den Wecker.

Eines Tages sagte er zu mir:
"Mein Leben ist am Ende,
Meine Frau hat mich verlassen."

Ich dachte mir, ohne zu zögern,
Jetzt hast du was davon.
Besser hättest du sie
Im Krankenhaus gelassen,
Anstatt die Dame heil
Wieder nachhause zu schleppen.

Zwei Jahre später kommt er mal wieder
Und erzählt voller Stolz:
"Weißt du was?
Ich habe eine neue Freundin gefunden,
Sehr jung, frisch und schön."
Dann habe ich ihm gesagt:
"Ok, dann nichts wie fort mit ihr."

Also, um es ganz kurz zu machen,
Er teilte mir mit,
Er habe vor
Die kleine und hübsche Frau
Eines Tages zu heiraten.
Ich sagte nur zu ihm,
Kein Drama, Kuchen esse ich gern!
Dann leg los, ich will tanzen!

Klar, ich dachte mir,
Von Ehescheidungen und Abenteuern
Bekommt er nie genug.
Und jetzt kommt er wieder
Mit solchen Sachen wie:
Hochzeit, Grundbuch, Familie, Kinder usw.
Ich frage mich nur:
Hat er nie die Nase voll davon?
Ja, gewiss, manche brauchen das.

Mein Gott ..., lernt der Mann nie was dazu?
Aber ich habe gar nichts mehr gesagt.
Wie kann einer so dumm sein?
Dachte ich mir bloß.

Und so, wurde doch die Hochzeit gefeiert.
Viel Geld ist ausgegeben worden.
Mein Freund war über glücklich mit seiner Alten,
Ich meine mit seiner NEUEN.
Damals war ich ganz alleine,
Ganz auf mich gestellt auf dieser Welt,
Und ich kurierte
Immer noch meinen Liebeskummer.

Der Freund verschwand für ein paar Monate.
Dann trafen wir uns wieder und er erzählte:
Weißt du, meine Frau liegt im Krankenhaus.
Ich dachte nur:
Jetzt fängt alles wieder von vorn an.
Aber Freunde sind
Für solche Sachen schon da, oder?
Ein Freund ist einer, der gut zuhören kann.
Und ein ist schon Gold wert.
Und das war ich auch für ihn,
Denke ich jetzt zumindest.
Ich war für immer für ihn da,
"Wenn er in Not war."

Also die kleine Hübsche
Mit goldenen Zähnen und roten Lippen
War plötzlich wieder gesund,
Aber kurz danach haute sie ab,
Und er war wieder alleine.

Die Frau hat einen anderen gefunden,
Nahm ihren Rucksack
Und weg war sie.
Ich sagte zu ihm:
"So ein Jammer, so ein Pech."
Aber vielleicht ist es besser so.

Er erzählte mir später,
Unter viel Tränen
Und voller Schmerz
Wie alles war.
Ich dachte mir nur:
"Abwarten!
Die Geschichte geht bestimmt weiter.
Bald ist eine neue Hübsche
Wieder an seiner Seite."

Ja, schon so lange Zeit
Habe ich ihn nicht mehr gesehen.
Jemand hat mir erzählt,
Er wäre nach Thailand umgezogen.
Wer weiß?

Ich weiß nur,
Ich lebe ganz alleine
Und meine "Ex" soll glücklich sein.
Sie ist über das Meer geflogen,
Sucht dort ihr Glück,
Aber manche können
Niemals glücklich sein.
Man kann vor allem wegrennen,
Außer vor sich selbst.

In dem Sinne:
Das Glück ist wie die Uhr,
Es ändert sich jede Stunde.
Lasst uns singen
Und glücklich sein.
Eine hübsche und Neue
Wird irgendwann auch alt sein.
Der Mann, der das nicht merken kann,
Der tut mir wirklich sehr leid.
"So ein Jammer, so ein Pech,
Auch die Kleine ging eines Tages weg."

Alle Träume

Da waren plötzlich alle Träume verloren,
Der Nektar der Liebe zuende getrunken.
Wir standen nebeneinander,
Ohne klare Gedanken.
Wir wussten nicht was wir tun sollten,
Ob wir etwas sagen
Oder einfach schweigen sollten.

Du warst noch zu jung, um zu wissen,
Dass an dem Abend
Für dich vieles verlorengegangen ist.
Bei unserem ersten Abenteuer
Habe ich dich so sehr geliebt.

Wir haben uns getroffen,
Die Liebe hat uns betäubt.
Deine Augen waren so hell,
Mein Herz war so heiß wie Feuer.
Ich tat dir weh, aber du hast es genossen.
Davon blieb nichts, außer deiner Trauer.
Ich ging einfach weg,
Ich musste dich für immer vergessen.
In dem Moment war es nicht möglich
An unsere Zukunft zu denken.

Es waren so viele Frauen in meinem Leben,
Die waren alle so wie du,
Sozusagen ein reines Abenteuer.
Du warst unschuldig und
Suchtest etwas Neues,
Genau wie ich auch.

Ich fand bei dir wieder Jemanden
Für mein Vergnügen,
Ich suchte keine feste Beziehung.
Das wusstest du ganz genau.

Du hast meine Phantasie belebt,
Eine schöne und interessante Frau
Warst du schon,
Das muss ich zugeben.
Aber für mich, zur damaligen Zeit
Warst du nur das Mädchen von nebenan.
Ich habe mich vielleicht an dem Abend
Wie ein Tier benommen.
Aber du sagtest mir an dem Tag danach:
"Genau das habe ich von dir erwartet."

Der Abend ging sehr schnell vorbei,
Für mich war es nur einmal
Wieder ein Spiel gewesen.
Aber mit Sicherheit wolltest du
Wesentlich mehr von mir haben.
Vielleicht, dass wir uns wieder treffen,
Vielleicht hättest du schon
Pläne für unsere Zukunft gebastelt.
Wer weiß? Wer weiß?
Aber außer meinem Körper
Konnte ich dir nichts geben.
Ich war am dem Tag sozusagen
Wie die Sonne, die am Horizont ist
Aber unerreichbar bleibt.

Genau das quält mich jetzt.
Ich hätte noch so viele Fragen.

Hast du mich geliebt?
Was war ich für dich?
Warum habe ich dich
Einfach so verlassen?
Warum bin ich für immer
Aus deinem Leben und Träumen gegangen.

Du warst damals noch sehr jung,
Das weiß ich immer noch ganz genau.
Du warst sehr hübsch und attraktiv.
Ich war von dir fasziniert,
Du warst wie eine Prinzessin
In meinem Leben,
Feinfühlig, herzlich und sehr sensibel.

Nun, jetzt bin ich schon alt geworden,
Aber denke immer noch an dich.
Jetzt, nach so vielen Jahren
Ist mir klar geworden,
Wie ich deine Gefühle
So sehr verletzt habe.
Wie ich deine Naivität
Unbedacht ausgenutzt habe
Und ich dich als Mensch
Nicht ernsthaft wahrgenommen habe.
Lass mich bitte sagen:
"Es tut mir sehr leid."

Es soweit kommen zu lassen
Habe ich niemals gewollt.
Mit uns fing alles viel zu schnell an.
Ich würde sogar sagen,
Du hast mich mit deinem Charme,

Der Schönheit und Naivität
Richtig provoziert,
So, dass ich zu kraftlos war,
Um abwehrend zu reagieren.

Vielleicht werden wir uns eines Tages
Doch mal wiedersehen.
Da mache ich mir schon Gedanken.
Was soll ich dir dann sagen oder erzählen?
Es sind so viele Jahre vergangen,
Unsere Gesichter haben sich verändert,
Ich bin alt und müde geworden,
Aber das hat im Moment gar nichts zu sagen.
Und du?
Was ist aus dir geworden?
Wo schreibst du dein Tagebuch heute?

Du warst so jung und so schön,
Ich dachte, du wärst nur
Noch eine Frau mehr in meinem Leben.
Nur noch ein Körper, den ich haben wollte.
Leider war ich zu blind und zu egoistisch,
Um wirklich zu sehen und zu fühlen,
Was für ein wunderbarer Mensch
Du wirklich warst.
Mein Herz hat schon damals
Große Liebe zu dir verspürt,
Aber meine Augen sahen nur
Eine wunderschöne Frau vor mir,
Mein männliches Gehirn folgte
Blind meinem Instinkt.
Ich wünsche mir doch,
Dir eines Tages wieder zu begegnen.

Gott sei mit dir
Und beschütze dich.
Mein kleiner Engel,
Verzeih mir bitte.
Weißt du was?
Jetzt, nach so vielen Jahren
Denke ich immer noch an dich.
Und es sind schon über 30 Jahre vorbei.

So wie dich, mein Morgenstern,
So wie dich, habe ich
Viele andere Frauen gehabt,
Aber nur du bist in meinem Kopf
Und in meinem Herz
Für immer geblieben.
Gewiss habe ich auf meine Art
Alle solche Frauen geliebt,
Aber die habe ich wie in einem Blitz
Sehr schnell vergessen können.
Es waren so viele Frauen,
Eine schöner als die andere,
Es waren so viele auf einmal,
Es waren soviele Marionetten
In meinem unmenschlichen Wahn.

Ich möchte dich jetzt um Verzeihung bitten,
Ich war zu jung, ich konnte es nicht lassen,
Ich war noch zu jung, um zu begreifen,
Dass ein Mensch nicht nur aus Fleisch,
Und nicht nur aus Schönheit besteht ...,
Wir Menschen sind doch wesentlich mehr!

Irgendwann bekomme ich vielleicht
Die entsprechende Rechnung dafür,
Und werde auch die Rache der Zeit spüren,
Von diesem Don Juan
Ist nichts übrig geblieben,
Außer einem Mann mit tausend Erinnerungen.
Alle Frauen gingen fort,
Geblieben sind nur die schönen Geschichten!
Und vielleicht noch ein paar Fotos.

Mir ist jetzt klar,
Es ist sehr traurig
Am Ende des Lebens
So allein sein zu müssen.
Ich fühle schon die Krallen
Der Zeit und der Last alt zu werden.
Ganz tief in meiner Haut
Und in meiner Seele,
Ja, da bekomme ich es zu spüren.

Wie schön könnte es sein,
Dich mal wieder sehen zu können,
Mein liebes Kind.
Aber so schön und jung wie damals
Bist du bestimmt nicht mehr.
Ich weiß, die Zeit bleibt nicht stehen.
Damals warst du erst siebzehn,
So jung und schön ...
Sollten wir uns wieder treffen?
Wer weiß, ob du noch lebst?

Wer weiß, was passieren würde
Bei einem Wiedersehen?
Was wäre,
Wenn wir uns wieder treffen würden.
Du würdest vielleicht nur über mich lachen.
Lassen wir die Zeit ruhen und weitergehen,
Lassen wir die Vergangenheit hinter uns stehen.

Leb wohl mein Kind, leb wohl ...,
Ich habe dich sehr geliebt,
Ich habe das doch zu spät gemerkt.
Deswegen denke ich immer noch darüber nach.
Lassen wir die Vergangenheit hinter uns stehen.
Leb wohl mein Kind, leb wohl ...

Luft

Bei unserer Atmung
Ist unser Geist immer aktiv,
In einer Stresssituation
Bleibt unser Geist verwirrt,
Wir können nicht mehr
Richtig denken,
Nicht mehr richtig atmen.
Die Luft wird dünn,
Der Hals verengt sich,
Die Lungen schreien nach Luft,
Wir bekommen zu wenig Sauerstoff,
Dann schlägt das Herz Alarm.

Atmung heißt auf Sanskript Atma
Und Atma heißt "Seele",
Ebenso auf Lateinisch heißt es Anima,
Lernt bewusst zu atmen,
Lernt bewusst zu reagieren,
Lernt Kontrolle über euch zu haben,
Das ist eure ganz große Aufgabe.
Atmen ist leben,
Dadurch bekommt unser Körper
Kraft und Energie.
Die Lungen füllen sich mit Sauerstoff
Und wir fühlen uns wohl,
Atmen ist die Verbindung
Zu unserer tiefsten Seele.

Bewusst leben,
Bewusst handeln,
Bewusst atmen.

Wissen ist fraglich

Es gibt Menschen, die alles wissen oder
Überzeugt davon sind,
Alles zu wissen.
Gott ist dagegen sehr bescheiden
Und zeigt uns jeden Tag den Weg,
Um mehr Kenntnisse zu erlangen.
Wer meint, alles zu wissen,
Weiß noch lange nicht alles,
Weiß nicht einmal,
Wo seine Nase und seine Füße
Tatsächlich stehen.
Ich weiß, dass ich nichts weiß!
Wer hat das gesagt?
War das Sokrates?
Der 469 v. Christus geboren wurde?
Denk bitte nach ...

Freundschaft

Wer einen guten Freund hat,
Hat den göttlichen Reichtum
Für ewig gefunden.
Das ist der Reichtum, den wir brauchen,
Wenn es uns tatsächlich
Schlecht geht!
Ein guter Freund bleibt
Und geht nicht weg, wenn es brennt.

Ein guter Freund geht auch nicht,
Wenn wir in Not sind.
Und wenn wir
Jemanden wirklich brauchen,
Hilft er uns und steht uns bei.

Ein Freund für´s Leben,
Das ist unser Gott, sonst niemand!
Hast du auch einen guten Freund?
Dann freue ich mich für dich,
Dass du auch einen guten Freund hast.
Gott lässt dich nie allein
Und will immer bei dir sein.

Zeit als Sonderangebot

Wenn man mit Geld Zeit kaufen könnte,
Würden manche Millionäre
Soviel davon kaufen,
Dass nichts mehr für uns
Arme Leute übrig bleiben würde.
Gut, dass es nicht geht.
Die armen Leute, wie wir,
Nehmen die Zeit, so wie sie kommt!
Die Reichen rennen ihr hinterher,
Und kommen nicht zurecht,
Weil sie Zeit für nichts haben.
Sie verschlucken sich
An Geld, Stress und Macht.

Heiliger Sankt Zeit, Amen!

Von allen Lebewesen auf unserer Erde
Klagt kein anderer so oft
Über die Knappheit der Zeit
Wie der Mensch selbst.

Eine Taube fliegt hoch und frei.
Sie erreicht fast den Himmel,
Und mit ihren Krallen
Kann sie fast die Sterne berühren.

Die Fische schwimmen hin und her
Und wissen nichts von Stress.
Sie lassen sich in Ruhe
Über das Meer treiben,
Sie leben fast wie ewige Touristen,
Das könnte man sagen!

Die Menschen wiederum
Gehen schnell ins Bett,
Um am Morgen
Schnell aufstehen zu können,
Und wenn sie Zeit haben,
Dann kommen sie erst recht zu spät.

Es gibt unter den Menschen
Viel zu viel Stress und Streit.
Oft liegt es an der Zeit,
Zeit, die wir nicht haben oder nehmen,
Um besser kommunizieren zu können.

Obwohl wir als Menschen
Bezeichnet werden,
Sind wir wie wilde Tiere.
Das ist eigenartig, nicht wahr?
Wir sind Wesen voller Verpflichtungen,
Mit wenig Zeit.
Das ist so, weil es uns schon
Von klein auf so beigebracht wurde.

Der Mensch muss schwimmen lernen,
Alle Tiere wissen schon von Geburt an
Wie das Schwimmen geht.
Das "Tier" Mensch muss alles lernen,
Sogar lernen ein richtiger Mensch zu sein.

Das ist absurd, nicht wahr?
Was für komische Menschen sind wir?
Halb Gott, halb wildes Tier
Vielleicht ... Wer weiß?
Vielleicht werden wir
In 100.000 Jahren soweit sein,
Das Tier in uns bewältigen zu können
Und mehr Zeit haben,
Um vollkommene
Und gute Menschen zu sein.
Wird diese Zeit noch kommen?

Wie das Leben selbst!

Ein Dichter sagte zu mir einmal:
"Das schönste Gedicht meines Lebens
Habe ich geschrieben,
Als es mir sehr dreckig ging".

Es ist vielleicht wahr,
Man kann vielleicht bessere
Liebesgeschichten schreiben,
Wenn man seine große Liebe
Nicht mehr an seiner Seite hat.
Sondern dann, wenn man sich
Verlassen fühlt,
Und vielleicht in einer Beziehung
Gar keine Hoffnung mehr hat,
Trotzdem will man nicht loslassen,
Dann kommen die Schmerzen
Und auch die wertvolle Inspiration.

Es gibt tiefe Momente im Leben,
Die sehr kreativ und nützlich sein können,
Der Verlust einer großen Liebe
Könnte der Anlass dafür sein
Schöne Poeme zu schreiben
Und bietet vielleicht auch die Möglichkeit
Einen anderen Menschen zu finden,
Und mit ihm zusammen
Bis ans Ende des Lebens glücklich zu sein.

Ich kenne viele ältere Ehepaare,
Die plötzlich allein blieben
Und trotz ihres Alters von 60, 70,
Oder sogar 80 Jahren
Noch jemanden fanden,
Der an ihrem täglichen Leben
Mit viel Glück teilnimmt.

Es ist schön, wenn man alt ist
Und trotzdem
Noch das Bedürfnis hat
Zu sagen:
"Ich liebe dich, mein Schatz."
Das ist schön ...,
Nicht wahr?
Das bringt viel Hoffnung
In unser kurzes und bescheidenes Leben.

Sei bereit für die Liebe!
Egal wie du aussiehst,
Egal wie alt du bist,
Sei bereit für die Liebe!

Geträumter Erfolg

Den Wunsch sein Leben
Eines Tages
Besser in den Griff zu bekommen,
Hat jeder schon einmal geträumt.
Dies zu erreichen,
Den entsprechenden Erfolg
Eines Tages wirklich zu erringen,
Das wird nur derjenige schaffen,
Der für die Realität des Lebens aufwacht
Und nicht nur am Träumen bleibt,
Nicht nur wartet,
Dass Gott alles vom Himmel herunter
Auf seine Füße streut
Und ihm alles schenkt.

Was sollen wir tun?

Gute Freunde bereiten uns manchmal
Großen Kummer.
Feinde dagegen sagen uns
Ins Gesicht was sie denken.
Wenn ein guter Freund fragt,
Ob wir ihm Geld leihen können,
Ist die Freundschaft in Gefahr.
Haben wir das Geld nicht,
Oder wollen wir es nicht geben,
Geht die Freundschaft
Vielleicht den Bach runter.

Leihen wir ihm das Geld doch,
Haben wir mit Sicherheit
Den ersten Schritt getan,
Um die gute Freundschaft
Zu verlieren.
Alles was wir tun,
Könnte in dieser Situation falsch sein,
Geld her und Freundschaft hin?
Das muss wirklich nicht sein!

Verzeihung

Die meisten großen Enttäuschungen
Und Schmerzen, die wir im Leben
Verkraften müssen,
Kommen oft nicht von unseren Feinden,
Sondern von unseren besten Freunden.
Auch von Menschen,
Die wir so sehr geliebt haben.
Deswegen sind die Schmerzen
Oft unerträglich und die Narben so tief.
Die bleiben für immer und ewig fühlbar.
Dann fragen wir uns oft:

"Warum hast du mir das angetan?"
Ist es nicht so?

Jesus dagegen sagte:
"Vater verzeih ihnen,
Denn sie wissen nicht, was sie tun."

Es wäre schön, wenn wir
Das manchmal auch sagen könnten,
Genau wie Jesus es sagte,
Anstatt zu resignieren und den anderen
Die Schuld zu geben
Und Sie zu beschuldigen,
Wegen unseres eigenen Schicksals
Und dem Chaos,
Das wir vielleicht selbst angerichtet haben.
Es wäre schön, sagen zu können:
"Vater verzeih ihnen,
Denn sie wissen nicht was sie tun."

Aber die Schmerzen
Müssen wir oft allein tragen!
Insofern schieben wir
Unsere Schuld auf die anderen
Und versuchen dadurch
Unsere Last erträglich zu machen.

Leuchten bis zum Ende

Es ist schön jemanden zu lieben
Aber es ist schädlich,
Wenn wir diesen Jemand
Nicht loslassen können.
Wenn die große Liebe
Schon verblüht oder verglüht ist,
Sollten wir die Asche wegschütten.

Irgendwann fällt auch eine schöne Rose
Auf den Boden und stirbt,
So schön sie auch war.
Und sie weiß, dass ihre Zeit
Schon vergangen ist.

Das sollten wir auch lernen,
Lernen, dass alles vergänglich ist,
Dass wir wie die Rose
Eines Tages auf dem Boden liegen werden,
Egal wie schön oder reich wir waren.

„ Die Erde wartet auf uns,
Egal wie schön oder reich wir sind."

Wenn jemand geht...

Was für ein Tag,
Die Sonne scheint,
Alles ist voll Farbe,
Aber du bist nicht mehr bei mir!

Die Kinder rennen hinter einem Ball her,
Der Hund bellt aus Lust und guter Laune,
Die Menschen fahren weg, es ist Urlaubszeit,
Und du bist auch für immer weg!

Tausend Blumen sind hier noch zu sehen,
Bald kommt der Abend und der Mond
Und für mich kommen
Die ewigen einsamen Nächte.
Was machst du wohl jetzt, frage ich mich
Immer wieder und wieder.

Meine Tage sind so leer.
Meine Bücher bleiben im Regal,
Wozu sollte ich noch lesen?
Alles ist so trostlos geworden.

Menschen kommen von überall her,
Wohin sie gehen wollen,
Das kann ich dir nicht sagen.
Sie suchen vielleicht das ferne Land,
Genau wie du es gesucht hast.
Ich frage mich nur,
Hast du was Besseres gefunden?

Vielleicht wird
Irgendwann der Tag kommen,
An dem meine Erinnerungen
Nur ein Teil der Vergangenheit,
Einer Vergangenheit
Von uns Beiden sein wird.

Aber soweit bin ich noch nicht.
Gott wirft uns nichts vor,
Und verlangt von uns auch nichts.
Wir sollten Gott nicht für alles beschuldigen,
Wir müssen die Verantwortung
Doch selber tragen.
Ja, so schnell ging unsere Geschichte zuende.

Es waren sehr viele schöne gemeinsame Jahre,
Jahre, in denen die gleiche Sonne deinen Kopf
Und meinen Kopf bedeckte.
Heute stehe ich hier ganz alleine,
Unter dem Sonnenschirm unserer Vergangenheit.
Wozu noch leben, wenn das Leben
Ohne dich keinen Zweck und Sinn mehr hat?
Damals mit dir war ich doch schon ein Ganzes,
Jetzt bin ich nur ein Teil von uns beiden geworden.

Die Sonne scheint noch über meinem Kopf,
Der Himmel strahlt blau,
Die Vögel singen so schön,
Aber meine Gedanken sind ganz weit weg.
Ganz weit weg und immer bei dir.
Warum muss alles so sein?

Tausendmal habe ich dich geküsst,
Auch wenn du nicht unbedingt wolltest,
Tausendmal habe ich dich geliebt.
Eine leise Stimme sagte zu mir:
"Freund! Vergiss es,
Es war einmal! Es ist alles vorbei."
Ja, das weiß ich auch ganz genau.

Wie oft habe ich schon gedacht,
Du würdest einmal wiederkommen.
Die Tage gingen vorbei, aber von dir keine Spur,
Wozu habe ich immer gewartet?

Ich lebe schon lange einsam,
In der Gesellschaft meiner Vergangenheit.
Meine Gedanken gehören dir, nur dir,
Meine Tage, mein Ich, mein Leben, meine Zeit ...,
Sind nur ein Rest von dir und von mir.

Wenn der Abend an mein Fenster klopft,
Denke ich immer, er schaut nur nach dir.
Dann trifft er mich wie immer ganz allein,
Ja, er weiß auch,
Du bist schon lange nicht mehr hier.

Tausendmal werde ich schlafen,
Tausendmal werde ich aufwachen,
Oh Gott, wie lange werde ich
Das alles noch aushalten müssen?

Wer weiß, was du jetzt machst,
Und wer weiß schon, wo du bist?
Ich bin nur derjenige, der dich sehr geliebt hat,

Nein, ich weiß, es gibt für uns keine Rückkehr mehr,
Es war einmal und es sollte auch so bleiben!

Man sagt, wer leidet kommt in den Himmel,
Und wer warten kann, kommt ins Paradies!
Und ich? Wo soll ich hinkommen?
Am liebsten zu dir, egal wo du bist.
Soll ich weiter warten, gibt es noch Hoffnung für uns?
Oder soll ich einen Strich unter mein Leben ziehen?
Was will Gott noch von mir?
Wer kann es mir sagen?

Egal ob ich leide oder nicht,
Es scheint so, dass du sehr zufrieden bist,
Du trinkst mein Blut
Und lachst voller Freude über mich.
Das geschieht dir recht, sagst du!
Ja, diese Lektion musste ich lernen.

Unsere Wege haben sich getrennt,
Die Zeit hat aus uns beiden
Andere Menschen gemacht,
Die Jahre haben uns
Von Grund auf verändert
Und das war auch unser Ende.

Wer weiß, ob du vielleicht eines Tages
Blumen auf mein Grab legen würdest?
Aber, bitte nicht weinen!
Ich habe schon für uns beide genug geweint.

Egal was es war,
Ich möchte dir für immer verzeihen!
Für die Vergebung
Kann es niemals zu spät sein.

Es ist alles vorbei, was sage ich bloß,
Nichts wird sein, wie es einmal war,
Alles vorbei .... vorbei .... vorbei ...,
Nichts wird sein wie damals!
Die Vergangenheit ist das Tor,
Welches Illusion und Wahrheit
Zwischen uns trennt.
Es ist alles und für immer
Einfach vorbei!

König, Prinz und Frosch

Manchmal wollen wir ganz anders sein.
Wir fühlen uns in unserer eigenen Haut
Einfach nicht wohl,
Sogar sehr schlecht!

Egal, ob wir als Prinz oder als Frosch
Auf die Welt gekommen sind,
Wir müssen uns einfach
Ständig durchbeißen.

Manchmal ist alles,
Ja, sozusagen...
Alles viel zu viel,
Dann ist die Zeit gekommen
Wie ein Frosch weit weg zu springen
Oder einfach wie ein Prinz
Alles liegen lassen
Und sehr schnell wegreiten.

Auch ein König
Oder ein Prinz
Muss manchmal weinen
Um seinen Schmerz
Ertragen zu können!

Entdeckung

Eines Tages trafen sich
Zwei Menschen,
Die gemeinsam
Die Liebe des Lebens
Für sich entdeckten.

Sie ergänzten sich,
Und es war die Verschmelzung
Von zwei Wesen,
Die nicht mehr allein sein wollten.
Dieses Phänomen ...
Heißt LIEBE

Fata Morgana

Um die Wurzeln von Hass,
Gier und Unwissenheit zu vernichten,
Braucht man
Viel Zeit und Anstrengung.
Durchsetzungsvermögen, Liebe,
Toleranz und Mut
Das alles bringt uns weiter,
Sie sind der Kern und das Fundament
Für ein erfolgreiches Leben.

Zu glauben, dass alles gut wird,
Ist schon ein guter Anfang.
Aber dasitzen und warten,
Dass alles von selbst kommt,
Das muss ein Irrtum sein.
Das wäre, als wenn man
Aus dem Zug rausschaut
Und davon überzeugt ist,
Dass die Landschaft
Hinter einem herläuft.

Das Leben darf nicht
Wie eine Fata Morgana sein.
Wir können versuchen
Uns zu belügen und zu täuschen,
Aber die Landschaft des Lebens
Rennt uns nicht hinterher.
Ebenso wie die vergangene Zeit
Sich nicht wieder zeigt.

Lass deine Reise auf dieser Erde
In Frieden fortgehen.
Tausche die Gier
Gegen das Gefühl von Großzügigkeit.
Tausche Hass gegen Liebe,
Tausche die Unwissenheit
Gegen das Bedürfnis alles zu erfahren.

Um soweit zu kommen
Brauchen wir sehr viel Zeit.
Die Zeit dafür und der Wille
Liegen nur in uns selbst!
Gott sieht alles
Und dafür braucht er
Nicht mal die 3-D-Brille.
Du bist es,
Du machst es,
Du schaffst es …

Einfach leben

Wer die ersten Morgenstunden
In Anspruch nimmt
Hat mehr vom Tag.
Wer am Abend früh ins Bett geht
Hat von den Morgenstunden
Nicht nur mehr,
Sondern auch die absolute Ruhe,
Die man für den Tag
So gut gebrauchen kann.

Früh ins Bett zu gehen
Und früh aufzustehen
Ist das Prinzip
Für einen gesunden Körper
Und gesunden Geist.

Schlafen ist
Wie eine Reise ins Grüne,
Da verschwinden alle Sorgen.
Während der Zeit, in der wir träumen,
Vergessen wir alles, was uns quält
Und die Realität des Lebens.
Wir vergessen auch
Alles was uns Kummer macht.

Sorgen lösen keine Probleme,
Die bringen nur mehr mit sich,
Und rauben unsere Ruhe beim Schlafen.
Träum dein Leben schön,
Vergiss nicht:

Du hast nur eins.
Wir könnten sagen:
"Wie ein Engel ins Bett gehen,
Und wie ein Held aufstehen!"

Wer die Nacht zum Tag macht,
Wird das bald am Körper
Und vor allem am Gesicht
Früher oder später deutlich merken!
Wer seinen Tagesablauf wie die Vögel
Und wer die Gesetze der Natur
Ernsthaft diszipliniert verfolgt,
Dem werden Flügel verliehen.
Er wird mit Ruhe und Frieden
Von Gott reichlich belohnt.

Die Bäume verbeugen sich vor dem Wind,
Sie kämpfen nicht dagegen,
Ganz im Gegenteil,
Sie beugen sich.
Sie grüßen freundlich den Wind
Und bleiben trotzdem stehen.

Die Schwierigkeit des Lebens besteht darin,
Mit allen Sorgen
Und allen Schwierigkeiten des Alltags
Zurecht zu kommen,
Und auch die passenden Lösungen
Dafür zu finden.
Die Bäume haben es schon gelernt.
Widerstand und Sturheit
Machen uns nicht unbedingt stark.

Lass die kleinen Sorgen des Lebens
Nicht plötzlich zum Sturm werden,
Mach aus kleinen Mücken keinen Elefanten.
Mit Ruhe und Hingabe finden wir schon
Die passende Lösung,
Oft braucht es seine richtige Zeit.

Lebe dein Leben
Wie in einem lebendigen Traum,
Der Tag danach wird schon kommen.
Mach aus deiner Nacht
Ein sanftes Geschenk
Für all deine Tage.

Solange wir leben
Dürfen wir träumen,
Solange wir träumen können,
Wird das Leben immer interessant sein.

Greif das Leben mit beiden Händen

Ein Fall und kein Zufall ist es,
Dass morgen viele
Nicht mehr unter uns sein werden.
Die Erde wird sich trotzdem weiterdrehen,
Ohne zu fragen wieso und warum,
Ob sie darf oder nicht.
Die Erde dreht sich weiter und weiter im All
Und wir hängen fest an diesem kleinen Ball,
Das ist schon ein Wunder.

Sei wie der Mond am Himmel,
Sei wie die Sonne am Horizont,
Sei wie die Sterne am Firmament.
Lass dein kleines Licht strahlen,
Lass die Menschen deine Wärme spüren,

Beleuchte deine Nächte
Mit deinem eigenen Mond.
Male deinen Himmel bunt.
Mit viel Farbe und Hoffnung.
Sei einfach glücklich,
Aber weine auch, wenn es sein muss.
Greif mit beiden Händen
Das Glück dieser Welt,
Aber sei auch bereit alles aufzugeben.
Wenn es sein muss!

Was soll's ...?
Am Schluss wird auf dieser Welt
Sowieso nur Asche übrig bleiben,
Von unserem Körper, Haus, Auto,

Und von unserem Bankkonto.
Das wissen wir alle.
Es wird alles zuende gehen.

Was soll's?
Von allem, meine lieben Freunde,
Werden nur die paar Fotos
Als Erinnerung bleiben!
Warum dann soviele Sorgen machen,
Um diese Kleinigkeiten?
Es ist Zeit um sich zu befreien!

Nimm diesen Moment,
Der wie kein anderer sein kann.
Such keine Lösung für alles,
Sondern such ein bisschen Gott in dir selbst.
Versuch nicht Gott zu sehen,
An deinen guten Taten
Wird er dich erkennen.

Der Glücksanteil in unserem Leben
Besteht aus 98 Prozent unserer Zeit,
Vielleicht nur zu zwei Prozent aus Unglück.
Leb den größten Teil deines Lebens
Wie ein König und nicht wie der Henker.
Du hast genügend Grund dazu.

Leb wie ein Mensch,
Der glücklich sein kann und will,
Auch wenn die anderen
Das nicht unbedingt
Sehen wollen und dir nicht gönnen.

Sei frei wie ein Vogel
Und lass dich nicht
In einen goldenen Käfig sperren,
Nimm alle Entscheidungen
In deine eigenen Hände
Und lass keine Fragen
Für morgen offen,
Nur das was heute ist
Zählt wirklich.

Sei so glücklich wie du kannst,
Benutze deinen Mund
Nicht nur zum Essen oder zum Schwätzen,
Beweg deine Lippen für ein Lächeln,
Lobe jemanden anstatt ihn zu kritisieren,
Lobe dich selbst, anstatt immer mehr
Und mehr von dir zu verlangen.
Sei zu dir selbst ein guter und ehrlicher Freund!

Dein Tag und mein Tag werden kommen!
Wir sind gekommen, und wir werden auch gehen.
Von unserem Körper, unserer menschlichen Gestalt
Wird am Schluss nichts anderes bleiben
Als nur ein paar Fotos zur Erinnerung!
Wir sind von der Erde gekommen
Und zur Erde werden wir gehen.

Sei bitte nicht nur ein Fotoalbum
In deinem Leben,
Sei bitte nicht nur
Eine Statue in deinem Privatgarten,
Lass alle merken und spüren,
Dass du bereit bist glücklich zu sein,

Es ist wirklich nicht zu schwer,
Das schaffst du schon, ich weiß es!
Wir haben großes Vertrauen zu dir.

Nicht vergessen, der Tag X wird kommen,
Aber wir müssen nicht immer daran denken,
Oder ängstlich darauf warten,
Alles passiert von selbst.
Ein bisschen sollten wir
Darauf vorbereitet sein,
Aber Angst davor
Brauchen wir nicht zu haben.
Alles was kommt,
Wird einmal auch wieder gehen müssen.

Keiner von uns,
Ja, ... keiner von uns
Wird von Gott
Eine Ausnahme bekommen.
Alles ist nur, und einfach nur,
Eine Frage der Zeit,
Das sollte uns klar sein!

Toleranz ist alles

Unsere tägliche Luft
Ist genauso wichtig
Wie unser tägliches Brot.
Der Sauerstoff des Lebens
Besteht aus Toleranz,
Geduld und Liebe!

"Steh auf", ruft die Stimme.

Die Morgenstunden
Bewirken Wunder.
Wer gern früh aufsteht,
Der hat die Goldmine schon gefunden,
Und auch
Das halbe Leben schon verdient.

Wer aber zu lange flach liegt,
Der wird eines Tages merken,
Dass die Zeit sehr schnell vergeht
Und diese Zeit
Nie mehr zurück kommt.
Morgenstunden sind
Wirklich die wahren Freunde
Des Lebens.

Steh auf, ruft die Stimme!
Steh auf mein Kind,
Die Welt schreit nach dir!

Lernen

Wir können im Leben
Sehr vieles lernen!
Aber, eines ist sicher:
Vergessen können wir
Noch schneller
Als wir gelernt haben!

Wie der Tag und die Nacht
Hat alles sein ENDE !!!

Epilog

Die Philosophie
Trägt jeder in seinem Herz.
Lerne alles,
Was das Leben von Dir verlangt.

Ob ein Philosoph,
Ein König oder ein Vagabund,
Alle haben das Recht
Auf dieser Welt
Glücklich zu sein.

THE END

DIRCEU BRAZ
EINE BILDER-AUSSTELLUNG

Die Gemälde von Dirceu Braz sind käuflich zu erwerben.
Der Reinerlös ist zu Gunsten von Kindern in Brasilien
bestimmt.
Mogi Fonds e.V. Präsident Dr. M. Schröder
Finanzamt Mannheim R. Nr. 2030
Spenden-Konto Mogi Fonds e.V.
IBAN: DE58 6705 0505 0075 1315 69
BIC: MANSDE66XXX
Sparkasse Rhein Neckar Nord / Mannheim

Alaska   40 x 50 cm   © Dirceu Braz

Afrika II   70 x 50 cm   © Dirceu Braz

Arabischer Garten   70 x 50 cm   © Dirceu Braz

Aus der Natur   40 x 50 cm   © Dirceu Braz

Das Meer   40 x 50 cm   © Dirceu Braz

Das Tor der Welt   60 x 50 cm   © Dirceu Braz

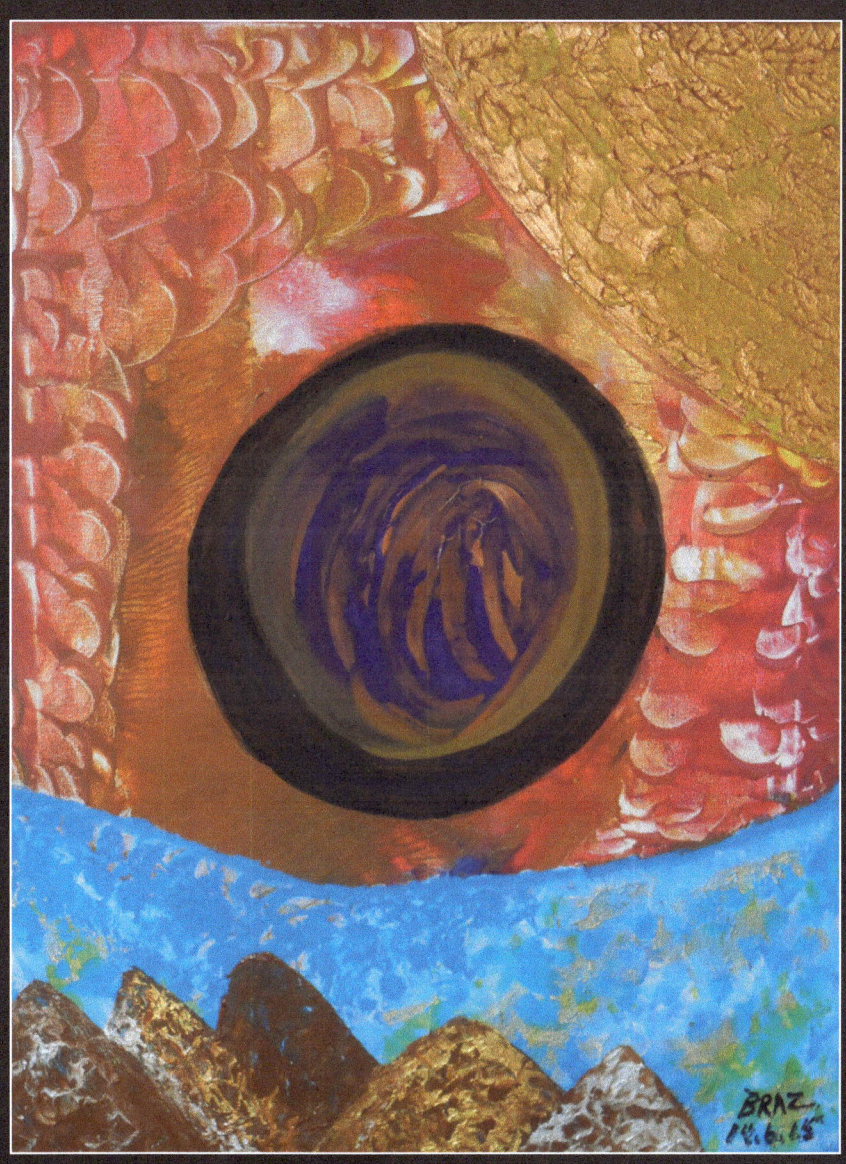

Das Tor zum Paradies   40 x 50 cm   © Dirceu Braz

Der Himmel ruft   40 x 50 cm   © Dirceu Braz

Der Vagabund   40 x 50 cm   © Dirceu Braz

Der Weg zum Inneren II   40 x 50 cm   © Dirceu Braz

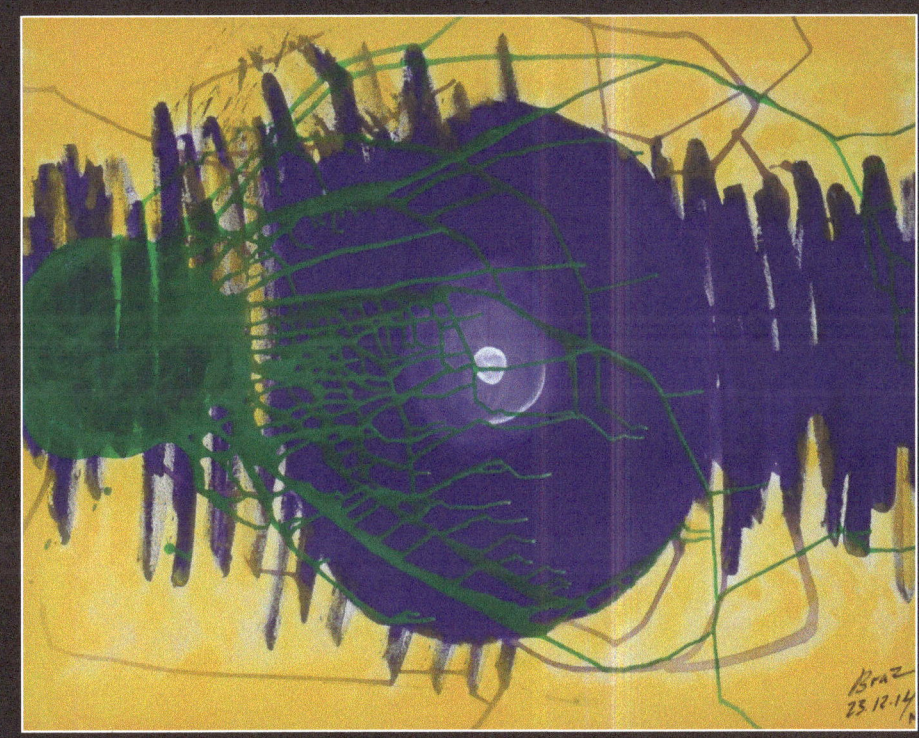

Die Augen der Welt   80 x 60 cm   © Dirceu Braz

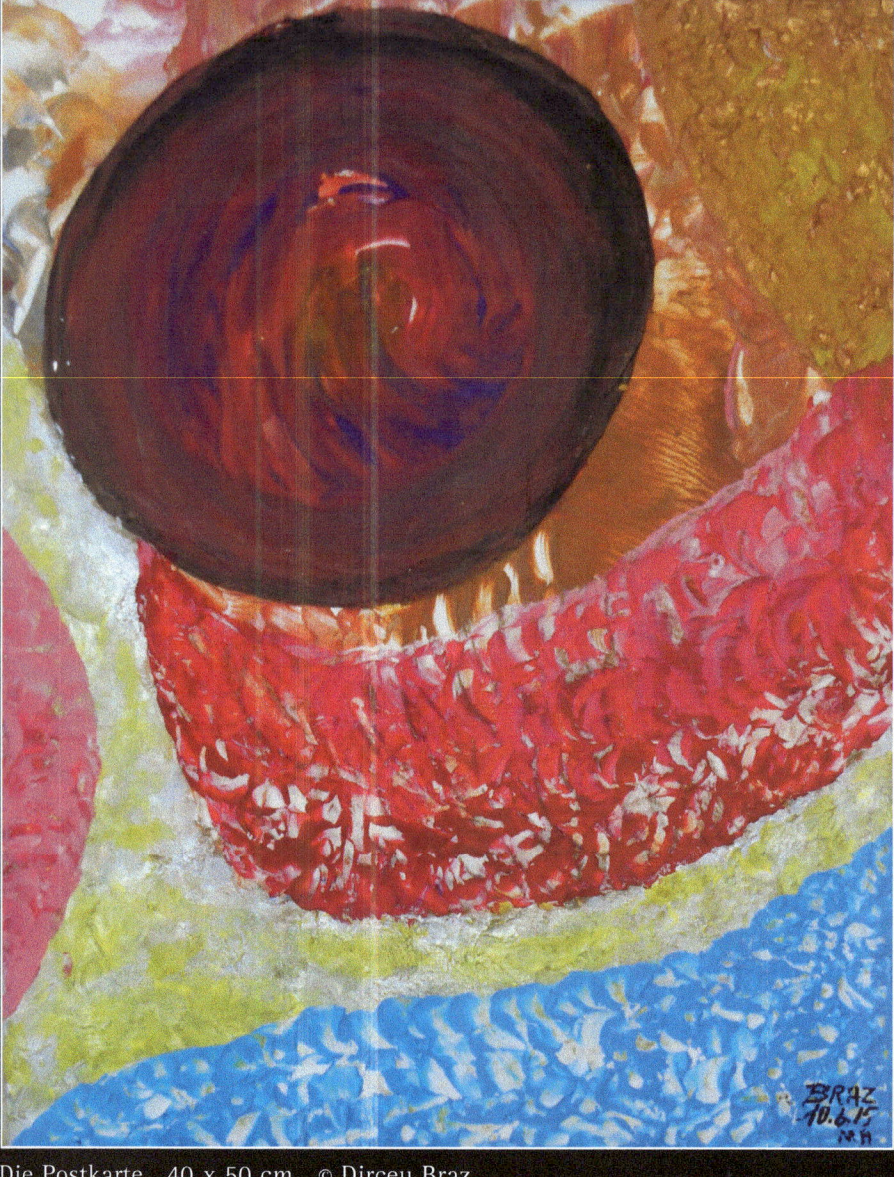

Die Postkarte   40 x 50 cm   © Dirceu Braz

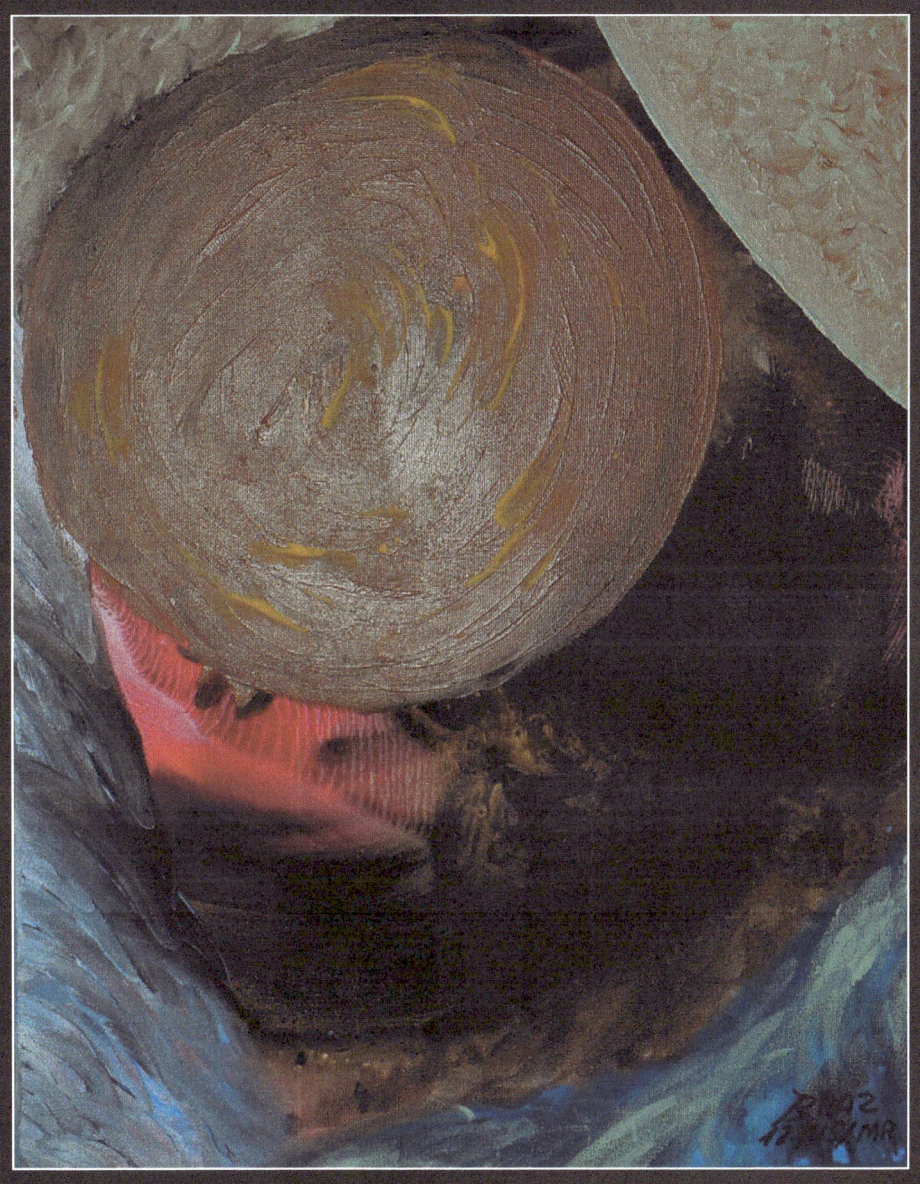

Die Schatten des Lebens   40 x 50 cm   © Dirceu Braz

Universum VI 80 x 60 cm   © Dirceu Braz

Universum VII   40 x 50 cm   © Dirceu Braz

Arabischer Garten   40 x 50 cm   © Dirceu Braz

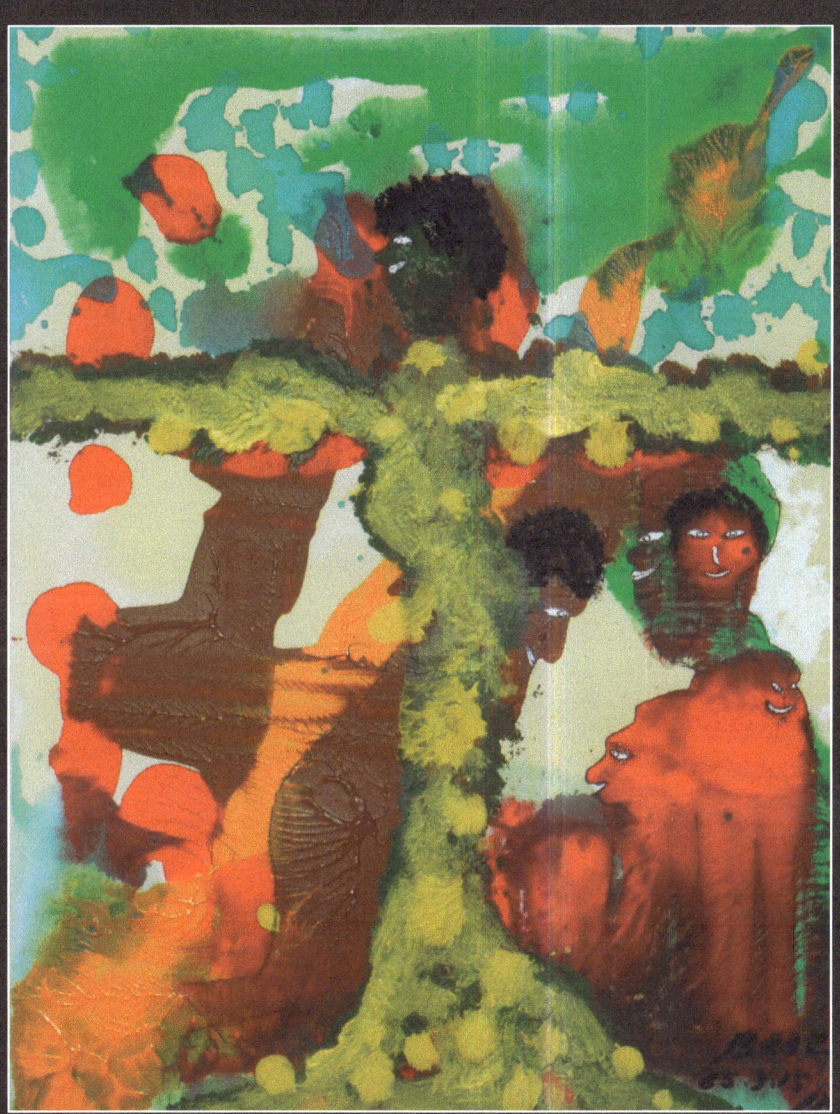

Afrika I   40 x 50 cm   © Dirceu Braz

Vergangenheit I   70 x 50 cm   © Dirceu Braz

Entdeckung   40 x 50 cm   © Dirceu Braz

Farbe ist Leben   40 x 50 cm   © Dirceu Braz

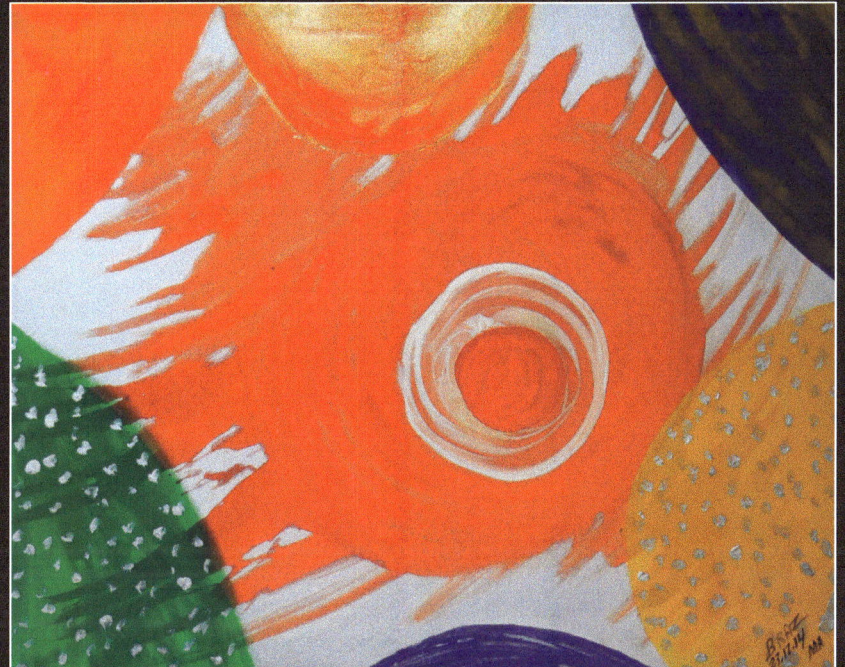

Gegenwart und Vergangenheit   60 x 80 cm   © Dirceu Braz

Fata Morgana 2   80 x 60 cm   © Dirceu Braz

Frühling   70 x 50 cm   © Dirceu Braz

Hände   40 x 50 cm   © Dirceu Braz

Juanita II   70 x 50 cm   © Dirceu Braz

x

x

Mutter Natur   80 x 60 cm   © Dirceu Braz

Poesie   70 x 50 cm   © Dirceu Braz

Dirceu Braz
Im Ozean des Lebens
Philosophische Gedanken
und Bilder zum inneren
Frieden und Wohlfühlen

Gebundener Umschlag
208 Seiten,
mit 100 farbigen
Abbildungen
ISBN 978-3-89960-334-7
Laumann Verlag

Dirceu Braz & Conny Zahor
**Engel der Vergebung
und des Friedens**
Die Wiederentdeckung
meiner Seele in
einem verlorenen Ich

Gebundener Umschlag
208 Seiten,
ISBN 978-3-89960-339-2
Laumann Verlag

Dirceu Braz
und Conny Zahor
Der Regenbogen des Daseins
Fotografie von Dominik Braz

Paperback
208 Seiten,
mit zahlreichen
s/w Abbildungen
aus Argentinien
ISBN 978-3-89960-342-2
Laumann Verlag

Dirceu Braz
Mal die ein neues Leben

Paperback
168 Seiten,
ISBN 978-3-73578-220-5
Books on Demand

Dirceu Braz
Erzählungen & Malerei

Paperback
188 Seiten,
ISBN 978-3-73470-278-5
Books on Demand

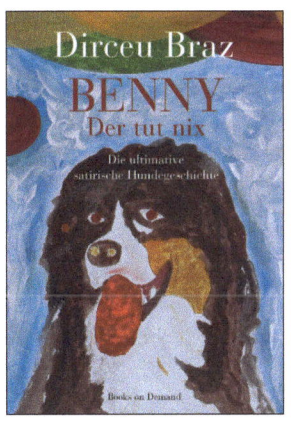

Dirceu Braz
Benny – Der tut nix
Die ultimative satirische
Hundegeschichte

Paperback
168 Seiten,
ISBN 978-3-73477-674-8
Books on Demand

Dirceu Braz
Jorgito
Eine brasilianische Geschichte voller
Liebe, Zärtlichkeit, Spannung und
Abenteuer

Paperback
172 Seiten,
ISBN 978-3-73477-829-2
Books on Demand

Dirceu Braz
Die Vogelscheuche

Paperback
160 Seiten,
ISBN 978-3-73861-518-0
Books on Demand

Dirceu Braz
Die Sanften Krallen des Lebens

Paperback
188 Seiten,
ISBN 978-3-73865-644-2
Books on Demand